# 願い針

## 結実の産婆みならい帖

五十嵐佳子



朝日文庫

本書は書き下ろしです。

目次

# 願い針

## 結実の産婆みならい帖

# 第一章　秋《あき》入梅《つい り》

# 一

神田祭《かんだまつり》が終わり、神無月《かんなづき》に入った途端、めっきり風が冷たくなった。

江戸っ子にとって神田祭は特別な祭りであり、四十ほどの山車《だし》が延々と続く華やかな祭礼行列は、江戸城内にも入ることが許されている。公方様《くぼうさま》と御台所《みだいどころ》の上覧《じょうらん》もあることから「天下祭」ともいわれた。

二月の初午祭《はつうまさい》から始まる江戸の祭の締めくくりでもある。

だが今年は少しばかり様子が違った。

公方様こと徳川家茂《いえもち》はこの年の五月、長州征伐を宣言し、三度目の上洛を果たした。四月《よつき》がたった今も、西に行ったきりで、神田祭の上覧もなかった。

京洛では、攘夷派と開国派、尊皇派と公武派が入り乱れ、市中で小競り合いを繰り返していると、読売《よみうり》は派手にかきたてている。

ここ江戸でも、斬り合いや窃盗などが増えていた。

だが、幸い、西で戦が始まったという話は届いていない。

「公儀の言うことを聞かない長州などさっさとやっつけて、公方様のご威光をみせつけてやれ」などと、血の気の多いことを声高にいう者もいるが、結実《ゆうみ》はこのまま何も起こりませんようにと願っていた。

戦が起きれば死人も怪我人も出る。親を失う子もあれば、子を失う親もいる。失われた者は二度と戻ってこない。

結実は十四で祖母の真砂《まさご》に弟子入りし、産婆見習いの修業をはじめ、八年になる。

今年は、結実のまわりでも、大きな出来事が相次いだ。

一月。もうひとりの産婆見習いで、結実よりひとつ年上のすずが、幼なじみの町火消し・栄吉《えいきち》と祝言をあげた。

すずは、七年間、結実と寝起きを共にしていた八丁堀《はっちょうぼり》・坂本町《さかもとちょう》の真砂の家を出て、今は大伝馬町《おおでんまちょう》の裏長屋住まいだ。

卒中《そっちゅう》で真砂が倒れたのは、六月の暑い日だった。

八丁堀の女で知らないのはもぐりだといわれる真砂は、還暦すぎまで、界隈の赤ん坊をもれなく取り上げてきた。だが、左半身が不自由になり、長い療養を余儀なくされている。

真砂が倒れた晩にすずのお産が始まったのは、偶然とはいえ、巡り合わせの不思議さを、結実は感じずにはいられなかった。それははからずも、結実が名実共にひとりで取り仕切る最初のお産となり、すずは無事に、男の子の母となった。

そして翌七月、結実は、父がいとなむ大地堂《だいちどう》で見習い医師をしている源太郎《げんたろう》と祝言を挙げ、夫婦となった。

いいこともあればそうでないこともあり、禍福《かふく》はあざなえる縄のごとしを地で行く日々だった。

真砂は、今も寝たり起きたりを繰り返している。すずは龍太《りゅうた》と名付けた子をおぶい、毎日通ってくるが、お産を終えて四月《よつき》ばかり。夜にかかるお産には立ち会えない。

というわけでお産を扱うのは、ほとんど結実ひとり。突然、独り立ちせざるをえなくなった結実は未だに戸惑いと不安でいっぱいだ。

けれど産婆は、おなかの大きな女たちを前に、ぐずぐずしてはいられない。自信がないという泣き言など、口にすることはできない。

夜中だろうがなんだろうが、結実は駆けて行く。

「おっかさま、秋葉大権現《あきばだいごんげん》は今が紅葉の見頃ですって」

絹《きぬ》の声が聞こえ、結実が外に目をやると、庭に置かれた縁台に真砂と絹が並んで座っていた。

ふたりは親子なのに、あまり似ていない。

真砂は鶴のようにやせており、大きな目に鷲っ鼻の男顔。病を得て言葉が出るのはやや遅くなったが、低めの声とさばさばした口調は相変わらずだ。

一方、絹は色白で、ふっくらしている。地蔵眉にくりっとした大きな目、笑うとその目が糸のように細くなり、頬にえくぼができる。娘時代は八丁堀小町と呼ばれ、付け文が引きも切らなかったそうだ。

「秋葉大権現？」

「そう、向島《むこうじま》の」

秋葉大権現は、火伏《ひぶ》せの神として信仰され、諸大名から寄進《きしん》された見事な灯籠がずらっと並ぶことでも知られている。この季節は武家から町人までが紅葉狩りで押し寄せる、江戸随一の紅葉の見所でもあった。

「向島は遠すぎるよ」

「舟を奮発するんですよ。ここから舟に揺られてのんびり行くんです」

そういって、絹は本宅の入り口に目をやり、やってきた患者に愛想良く会釈した。

八丁堀・坂本町の一角に位置するこの家の門は、いつも開け放たれている。

門をくぐり、右にすすめば結実の父・山村正徹《やまむらせいてつ》の診療所、大地堂のある本宅だ。左にいけば、通称、別宅と呼ばれている離れがある。以前は真砂とすずと結実の三人がこちらに住んでいたが、身体が不自由になった真砂は本宅に移り、今は結実と源太郎が暮らしている。

本宅と別宅の間には、小さな庭と井戸、奥には猫の額のような薬草園があり、絹と真砂はその前に置かれた縁台に座っていた。

秋の日差しを浴びながら、絹と真砂の話は続いている。

「思い切って行きましょうよ。ずっと家にこもりっぱなしだもの、たまには外にでないと」

「私はここで十分です。ごらん、ドウダンツツジの紅葉の見事なこと」

真砂は薬草園の奥で真っ赤に色づいている低木に目をやった。

春には、株全体が白く染まる鈴のような小さな花をいっぱいにつけ、その姿が夜空の星を思わせることから「満天星《どうだん》」という名がついたドウダンツツジは、菱形の葉がかわいらしく、晩秋には燃えるような赤に染まる。

この木は、真砂の亭主の新吉《しんきち》が、亡くなる前年に植木市で買ってきたものだ。引っ越しのたびに、真砂はこの木を庭から掘り返し、新しい庭に植え直した。人の腰ほどの高さに仕立てられているが、樹齢三十年はくだらない。

ドウダンツツジを真砂が持ち出すのは、紅葉狩りの話はこれでおしまいという意味に等しく、絹は苦笑するしかなかった。

風はきりっと冷たく、空が高い。うっすらと鱗雲《うろこぐも》がたなびいていた。

別宅から赤ん坊の泣く声が聞こえたと思うと、もうひとつの声が加わり、競うように泣き始めた。

「さて、赤子の顔でも見てこようかね」

真砂はゆっくり立ち上がった。

別宅には毎日、赤ん坊が三人も勢揃いする。

すずが六月に産んだ龍太を、掃除洗濯などの雑用を請け負っているタケが閏五月に産んださゆりと、二歳になる金太《きんた》を連れてやってくるからだ。

慎重に立ち上がったのに、やはり真砂の足元はふらついた。

絹がさしだした手を、真砂は首をふってことわり、杖をつきゆっくり、別宅に向かう。

母を気遣う絹の気持ちはありがたいが、人に頼ってばかりでは、人の手がないと何もできなくなってしまう。どこまで生きるかわからないが、やれることはやらなくてはならない。甘えて、ひとりでできることを手放すわけにはいかない。

絹を呼ぶ声が本宅から聞こえた。

「じゃ、おっかさま。用があったら呼んでくださいね」

真砂の背中に声をかけ、絹は本宅に戻っていった。

真砂が縁側から別宅にあがると、金太をおぶった手伝いのタケが、泣き声を上げるさゆりと龍太のおしめを茶の間で替えていた。

その傍らで、結実は帳面をつけている。

「先生、おはようさんでございます」

軽く頭を下げたタケに、真砂は会釈《えしゃく》を返す。

「おはようさん。今日は洗濯日和だね」

「やっと晴れてくれて」

タケは「ちょっと失礼します」というなり、くるりと後ろを向き、おしめを替えても泣き止まないさゆりに、乳をやりだした。

結実が帳面から顔をあげた。ふっくらとした丸顔だが切れ長の目元をしていて、幼いころは女金太郎といわれた。だが表情をゆるめた途端、愛嬌がこぼれ出た。

「おばあさま。思い切って紅葉狩りに行ってくればいいのに。秋葉大権現の紅葉を見ると、寿命が延びるんだそうよ。おっかさま、何日も前から、なんとかおばあさまを連れ出すって、はりきっていたんですよ」

「船着き場に行くのだって、舟の乗り降りだって、人の手を借りなくちゃならない。絹はそんなことなんでもないと言うだろうけど、やってもらうほうは気が重いものでね。是非にという用事があるわけでもなし。気持ちだけ、ありがたくいただいておくことにしますよ」

それから真砂は帳面をのぞきこんだ。

「塩梅《あんばい》が悪い人はいるかい？」

「まあ、なんとか。おおむね、みんな良好といっていいかな」

「そりゃよかった」

結実は昨年の暮れから、すべての妊婦の症状や訴えを帳面に記すようになった。以前から、源太郎がひとりひとりの患者の帳面を作っているのを見て、いい考えだと取り入れたのだ。

お産は何刻かかったか。陣痛がいつから進んだか。赤ん坊は大きかったか、小さかったか。出血はあったか。後産《あとざん》はつつがなく進んだか。乳は出ているか。赤ん坊の様子はどうか。へそが乾《かわ》いているか。好きな食べ物は何か。家族は何人か、誰が赤ん坊の世話の手伝いをしているかということまで細々と書き留める。

お産だけでなく、妊娠中のことも同様に記す。不幸にして流れたり、死産の場合も、その経過やどんな手当をしたかも、包み隠さず書き残す。

こうして書いておけば、産婆として行ったことがよかったのか、悪かったのか、別の方法はなかったかと、あとから考えることもできた。

今では、結実同様、すずも帳面に記録するようになった。

そのおかげで、帳面を見さえすれば、結実とすずのどちらでも、どの妊婦にもすぐに対応することができるという嬉しいおまけまでできた。

真剣な表情で筆を動かす結実を、真砂はじっと見つめている。その視線に気づき、結実はまた顔をあげた。

「なんかついてる？　あたしの顔に」

「何もついてませんよ」

　ふっと真砂が笑う。

「……結実もいつのまにか一人前になって。しっかりおやり。どんなときも気を緩《ゆる》めずにね」

「はい」

　師匠の真砂に珍しくほめられたのだが、結実は嬉しいというより、寂しさがまさった。自分は産婆に戻ることはないと真砂自身が納得していることを、その口調から感じとったからかもしれない。

　真砂は向き直ると、座布団の上で「あ～あ～」と声をあげているさゆりと龍太に膝を進めた。

「おしりがきれいになって、おなかもいっぱいで気持ちがいいねぇ。どれどれ、少し、ふたりに遊んでもらおうかねぇ」

　真砂がでんでん太鼓をふると、龍太は音のする方に顔をむけ、腹ばいになったさゆりは首を持ちあげ、声をあげて笑った。

　当世、お産で命を落とす母子は多い。

お産で身体が傷つき、そのために長く寝付かなければならなくなることもある。逆子を産み落とすことができず、母も子もはかなくなることもある。

女たちが無事にお産を終え、笑顔で赤ん坊を抱く——そのために、結実は産婆になった。

結実は今も十年前の安政《あんせい》の地震の日を忘れることができない。

人でごった返す通りを、お腹の大きかった実母・綾《あや》に手をひかれ、結実が避難先の山王御旅所《さんのうおたびしょ》に向かっていたとき、ひときわ大きな揺れが来て、屋根瓦が塊となって通りに降り注いだ。

あっと思う間もなく、結実は母、綾に突き飛ばされていた。おそるおそる結実が顔をあげると、綾は瓦の下敷きになって倒れていた。

夜の闇の中でも、綾の腰の周りに血だまりが広がっていくのがわかった。父・正徹は怪我人の治療に呼ばれて不在で、あたりは混乱の極み。手当の心得を持つものさえみつからない。綾は朝日を見ることなく、お腹の子とともに息絶えた。

母の亡骸《なきがら》を前に呆然としていた結実の耳に「産婆さんがいれば助かったかもしれないのに」という声が聞こえた。

十二歳のあの日をきっかけに、結実は産婆になろうと思った。

綾を失った結実の世話を引き受けてくれたのが、綾の妹の絹と祖母の真砂だった。

そうこうしているうちに、絹を正徹の後添えにという話が持ち上がり、一年後、絹は結実の義母として山村家に入り、真砂は離れに越してきた。八年前には弟の章太郎《しょうたろう》も生まれている。

すずは往診《おうしん》から帰ってくるや、茶の間で龍太に乳をやりはじめた。下あごをこくこくと動かして乳を飲む龍太を見つめながら、すずはタケに声をかける。

「おタケさん、ほんとにお世話様。赤ん坊が三人じゃ、大変だったでしょ」

「なんの。龍太ちゃん、よく寝てたよ。手がかからない、いい子だったよ」

「ずっと寝てたの？」

「ええ。ぐっすり」

タケは板の間で、取り入れた洗濯ものを畳んでいた。もう日が傾きかけている。

金太はタケの背中にくくりつけられ、さゆりは座布団の上で、天井をみながら機嫌良く手足を動かしていた。

術着に、晒《さら》し木綿《もめん》、手ぬぐい、ここで使った子どもたちのおしめ……。タケの太い腕が動くたびに、洗濯ものの山が高くなっていく。

「おタケさんはほんと、手際《てぎわ》がいいよね」

「慣れだよ、慣れ」

「赤ん坊もおタケさんの手にかかると、あっという間に寝ちまうし」

「あたしがばたばたしてるから、寝るしかないって赤ん坊もわかってんのかね」

口を動かしても、タケの手は止まらない。

タケは表具師《ひょうぐし》の亭主との間に、さゆりや金太をはじめ五人の子どもがいて、家族七人、品川町の九尺二間の棟割長屋《むねわりながや》に暮らしている。

住まいの狭さはさておき、今、タケを悩ませているのは食べ物のことだった。

ここ数年の間に、米は数倍にも値上がりした。今このときも、値上がりは続いている。野菜や豆腐だって馬鹿にならない値段がついている。

亭主のわずかな給金で五人の子に食べさせるのが難しくなり、あっという間ににっちもさっちもいかなくなった。

米の高騰は、冷害が続いたのと、公儀と長州が戦になりそうだと大坂の商人たちが米を買い占めたためだといわれているが、理由などわかったところでどうしようもない。

着物はつぎをあて、お下がりでも事足りるが、食べ物がないのだけはお手上げだった。

手習い所に通ってわずか二年の長男、今年通い始めたばかりの次男を口減らしのために、来年から奉公にだすことに決めたが、それでも今後、一家が食べていけるという保証はどこにもない。

それなら自分が働くしかないと、タケは仕事を探しはじめたのだが、生まれたばかりの子と、歩き始めた子を抱えている女を雇う者はなく、ことごとく門前払いになった。

事情はどの家も同じで、長屋の女房でのんびりしている者など、昨今、どこにも見当たらない。一膳飯屋に働きに出たり、得意の裁縫で着物の仕立てを引き受け、米代のたしにしたりと皆稼いでいる。隠居でも身体を動かせる者は、袋貼りなどの内職をしていた。

そんな内職さえ見つからず、困り果てたタケが乳持奉公《ちもちぼうこう》をしたいといってたずねて来たのが、結実のところだった。

折りしも、真砂が倒れ、すずも子育てがはじまり、これまで三人でしていた仕事が結実ひとりの肩にのしかかっていたところで、せめて、膨大な洗濯を誰かに頼めたらと結実が思っていたところだった。

「よかったら、うちで働いてもらえないかな。洗濯と掃除、龍太ちゃんの世話もできたら頼みたいんだけど」

結実がいうとタケは二つ返事で引き受けた。タケは、情に厚く、気のいい女だ。結実は、その人柄をかったといっていい。

結実にとっても渡りに舟の話だったのだが、タケは思っていた以上に働き者だった。自分の子どもと同じように龍太をかわいがり、ときには自分の乳を与え、癇症《かんしょう》なまでに掃除をし、きちんと手順を踏んで丁寧に洗濯もしてくれる。

洗って、すすいで、熱湯でゆがいて、またすすいで……お産に使うものは洗濯に一手間も二手間も余計にかかるが、タケは黙々と働く。

タケが来て、結実は産婆仕事に専念できるようになった。そのうえ、ほがらかで何気ないことばのやりとりで、結実やすずの心を柔らかくほぐしてもくれる。

今では結実とすずにとって、タケは欠かせない人となっていた。

洗濯ものをたたみ終えると、タケはようやく顔を上げた。

「往診はどうでした？」

「悪露《おろ》も少なくて順調そのもの。手伝いに来た実家のおっかさんが赤ん坊の沐浴《もくよく》もすませてくれてて助かった。やさしいおっかさんがいて、おハルさんも幸せね」

髪結いの女房のハルは、四日前の夜中に産気づき、結実が駆けつけた。

朝にはすずも、龍太をタケに預けて加わり、ハルは昼八ツ（午後二時）過ぎに女の子を産んだ。

すずにとっては、自分が出産してからはじめて手がけたお産だった。

「あれ？　結実ちゃんはまだ？」

「へえ」

午後になって往診に出かけた結実はまだ帰宅していない。

「魚正《うおまさ》さんとこだよね」

「と言ってたけど」

「何かあったかな」

「そろそろお帰りになるんじゃないですか」

結実たちはお産後、四、五日、場合によってはもっと長く往診して、お産を終えた母親と赤ん坊の状態を見ている。

乳が出ているか、赤ん坊は順調に育っているかという目に見えることはもちろん、新米母のこまごまとした悩みに寄り添うのも産婆の仕事だった。

「そういえば結実ちゃん、朝っぱらから盛大にあくびをしてたよね」

ハルが出産したその晩、南新堀二丁目の魚問屋「魚正」の若女将・マチが産気づき、夜明け前の七ツ半（午前五時）に無事に男の子を産んだ。

というわけで、結実は二晩続けてお産にかかりっきりで、眠ったのは一刻（二時間）ほどに過ぎない。

昨日の朝、六ツ半（午前七時）にタケが来ると、「起こさないで下さい」との置き書きが、上がり框《かまち》においてあった。

だが、赤ん坊の泣き声が響き渡る中では寝てもいられない。結局、間もなく、眠たそうな目をこすりこすり結実が部屋から出てくる始末だった。

昨晩はお産がなかったものの、一晩寝たくらいで解消できる寝不足ではなさそうだった。

「あたしが夜は役立たないから……」

すずがぽつんとつぶやく。

「それはいいっこなしって、結実さんも、いってるじゃないか、おすずさんだって、最初の子を抱えて慣れないことばっかりだろ」

「大変なのがわかるから、申し訳なくって」

そういいつつ、すずも大きなあくびをした。

龍太はこのごろ昼夜が逆になっていて、夜になると目をぱっちりと開けてなかなか寝付いてくれず、すずも日中眠たくてたまらない。

すずがそう打ち明けると、タケはああとうなずいた。

「このごろいやによく寝るなと思ってたんだ。わかった。龍太ちゃんがこっちで寝過ぎないように気をつけるよ」

タケは五人の子育てをしてきただけに、さすがに話が早い。

「そうそう、おすずさんが出かけてすぐに先生が来たんだ。龍太ちゃんとうちのさゆりをずっとあやしてくれて」

「真砂先生が？」

「でんでん太鼓をふったり、ちょちちょちあわわをして。案外、遊ばせ上手なんだよ」

大きな身体を丸めて、タケはクスッと思い出し笑いをした。

「真砂先生はあれで子どもが大好きだから」

タケが黒目をきょろんといたずらっぽく動かす。

「あれで、だって」

「あら、おタケさんだって、案外、なんていったじゃない」

あははと、ふたりは肩をすくめた。

十三の年から九年、弟子として寝起きを共にしたすずは、一見つっけんどんな物言いの中に隠れている真砂の優しさを知っている。

「お体、少しよくなったのかな」

すずはぽつんとつぶやく。

タケが顔を横に振った。

「座ってる間も右手を後ろについて身体を支えてた。立ち上がるのは、柱につかまってやっと。……なにか特効薬みたいなものがあればいいのにねぇ」

「ないんだって。卒中には日にち薬しか……」

「医者がすぐそばにいるのに。じれったいねえ」

乳を飲み終えた龍太をかつぎあげて、げっぷをさせると、すずはおぶいひもで龍太を背にくりつけ、帳面をつけはじめた。

ほどなくして、結実も戻ってきた。

「ただいま」

上がり框に腰掛けた結実は、疲れた様子でため息をついた。すずが帳面から顔をあげた。

「おマチさん、どうだった？」

「おマチさんも赤ん坊も元気そのもの。さすが魚正ね。生まれた翌日だっていうのに、もう続々と祝いの品が届いていて、座敷の床の間《とこのま》からあふれんばかり」

「まあ、すごい。魚正の床の間だからでっかいんでしょう」

「一間半（約二・七メートル）はあるかな。……でね、女中さんから聞いたんだけど、ご亭主の正吉《まさきち》さん、生まれたのが男の子とわかったときにはむせび泣いたんだって」

くるりとふりむいて、結実は鼻にくしゃっとしわをよせる。

「うそ？　あの正吉さんが」

「ほんと。うぐうぐいいながら涙をぽろぽろこぼしてたんだって」

「男の嬉し泣きか。見たかったなぁ」

「私も」

ふたりはくすっと笑った。

結実は草履《ぞうり》を脱ぎ、よいしょとかけ声をかけ、上にあがった。

別宅は「田」の字に部屋が並んでいる。入り口の右側にすぐ水屋があり、その前が板の間、隣が茶の間、茶の間と板の間の奥にふたつ座敷が並んでいる。

結実は、すずがおぶっている龍太の顔を見て頬をほころばせ、座布団に寝ているさゆりに目を細めた。

「……それで帰りに上岡町の八千代《やちよ》さんとこに寄ってきたのよ」

「あぁ、だから遅かったんだ」

結実は、笑みを消してうなずいた。

八千代は、棚倉藩《たなぐらはん》に儒者《じゅしゃ》として仕える引田行蔵《ひきたぎょうぞう》の長女だった。

五年前に、八千代は奥右筆《おくゆうひつ》の岡本郁馬《おかもといくま》に嫁ぎ、四年前に長女、二年前に次女を産んだ。だが、二月前に三人目の子が流れ、以来、岡本家から実家に戻り、養生を続けている。

かなり育ってからの流産で、当初は熱も痛みもなかなかひかなかったらしい。回復まで時間がかかりそうだということで、実家に帰ってきたという話だった。

結実は引田家に頼まれ、八千代の様子を見にときおり上岡町まで足を延ばし、源太郎が処方した薬なども届けている。

だが八千代の身体の調子はなかなか上向かない。今日も床についたままだった。

「ふたりの子を残してきたから早く良くなって戻りたいって、気は急《せ》いているんだろうけど」

「置いてきた娘さん、五つと三つでしょ。可愛い盛りだし、会いたいだろうねぇ」

流れた子の始末をした産婆に、「もう子どもは持てないだろう」といわれたことが、八千代の心に暗い影を落としていた。

「男子を産むことができない自分は、もう岡本家に帰ることはできないなんて、今日は泣かれちゃって……慰《なぐさ》める言葉が見つからなくて……まいった」

「気の毒に……」

そのとき、入り口から威勢のいい声が響いた。

「ごめんくだせぇ」

振り返ると、魚正の半纏《はんてん》を着た若い男が立っていた。

赤ん坊が生まれて、うれし涙を流したと噂したばかりの魚正の若旦那・正吉だ。細身だが筋骨隆々、精悍《せいかん》な目鼻だちをしている。

「このたびは、大変お世話になりやした。跡取りができて、おかげさまであっしも、親孝行ができたってもんで。さっきの舟で、ようやく納得できる魚が入ってきたんで、お届けにあがりやした」

日焼けした顔に満面の笑みを浮かべ、正吉は大きな木桶を結実に差し出す。桶の中には、クマザサの葉が敷き詰められ、一抱えもあるつやつやした鯛と平目が並んでいた。

「こ、こんな大きな鯛や平目、はじめて……」

「水屋を貸してもらえれば、あっしがさばきます」

手回しよく、正吉は包丁まで持参していて、水屋に立つと、あっという間にそれぞれの魚を三枚におろし、大皿に形良く盛り付けた。

皿に乗り切らないものは切り身に分け、兜《かぶと》も調理しやすいように半分に割った。骨にも身がついているので、いい出汁がでるという講釈までしてくれる。

至れり尽くせりとはこのことで、後始末をし、水屋をきれいに拭き上げると、正吉は木桶を持って、さっと帰って行った。

「すごい……こんな刺身、見たことない。皿に咲いたでっかいぼたんの花みたい」

結実とすず、タケは顔を見合わせた。

「料亭のご馳走ってこんなのかな」

「ねぇ、塩焼きと煮魚、どっちが好き?」

結実が尋ねると、すずは塩焼き、タケは煮魚といった。

「塩焼きはさっぱりして、魚そのものの味がするじゃない」とすず。

「煮魚の汁だけでご飯が進む」とタケ。

結実は切り身や兜、骨をササの葉で包むと、ふたりに手渡した。

「はい。今日のお菜《さい》に。おすずちゃんは塩焼き、お夕ケさんは煮魚にどうぞ。ふたりはお乳をあげているから、刺身は私がいただきます」

「こんなにいいの？　結実ちゃんがもらったんじゃない」

「あたしにまで……」

「私にじゃなくて、うちにもらったの。今日は美味しいものをみんなで食べましょうよ。ふたりは子育てしながら、がんばってくれてるもの。滋養をつけなくちゃ」

「それじゃ、ありがたくいただきます」

「盆と正月がいっぺんに来たみたいだ」

上のふたりの子を七つやそこらで奉公に出すと決めたほど、五人の子どもに食べさせるのに汲々《きゅうきゅう》としているタケは、魚が入った包みを拝むように押し戴《いただ》いた。

秋の日は短い。すでに西の空が赤くなっていた。

刺身が並ぶ大皿と骨やら兜やらを、井戸と庭を隔てた本宅に届けると、絹は目をみはった。

「骨でおすましを作って、兜煮にして、鯛の残りは昆布締めにしようかしら。平日は醤油出汁につけて、ヤマイモのすり流しと合わせる？　それとも、大根と煮付ける？」

源太郎と夫婦になった今も、食事は絹に頼りっぱなしだ。

「結実、寝が足りないんでしょ。夕飯の前に湯屋にいって、少し眠ったら。またいつお産が飛び込んでくるかわからないんだし」

言われなくても結実の目はくっつきそうで、タケとすずも帰ったので、ひと寝入りしようと決めていたところだった。

桶と手ぬぐいを抱え本宅を出たとき、源太郎と患者の隠居が話す声が聞こえた。

「先生はぬかみそ臭くならねえなぁ」

「ぬかみそ臭くなるのは女房で、亭主じゃねえでしょう」

「なるんだよ、男も。祝言挙げてどのくらいになる？」

「二月半かな」

「そろそろおめでたか？」

「まだまだ、そればっかりは授かりもんだし」

「赤子ができると、男だっておとっつぁんになっちまうが、先生はどっから見てもまだ独り身だ。なにやら少し男の色気が出てきたし、町の女が放っておかねえんじゃないか」

「ご隠居。そう願いたいてなもんですけど、さっぱりですよ」

「それじゃ子作りに励むしかねえか」

畳廊下からもれてくる笑い声を聞きながら、あのご隠居は何のつもりで源太郎をけしかけているんだと、結実は口を尖《とが》らせた。

本宅の庭に面している部分が大地堂の診療所になっている。

入り口に続く四畳ほどの板張りの式台は患者たちの待合室、左側に続く畳廊下が軽傷の人の診察室、奥のつきあたりの六畳間は正徹の書斎で、その左側の庭につきだした土間は、出血の多い者の手当や手術に使われていた。

「おめでたおめでたって、どいつもこいつもうるさいったらありゃしない。放っておいてくれだわ」

口の中でつぶやくと、結実は下駄を鳴らして湯屋に向かった。

産婆をやっているからなのか、三日に一回くらいは「そろそろかい？」とか「おめでたは？」などと人が気安くいってくる。そのことに、結実は早くもうんざりしかけている。

せっかくのごちそうだというので、正徹の兄・山村穣之進《やまむらじょうのしん》も呼んで、その夜は宴会となった。

穣之進は馬喰町《ばくろちょう》で公事宿《くじやど》を営んでいるのだが、数年前から公事宿は長男と番頭にまかせ、自分は北辰一刀流《ほくしんいっとうりゅう》の桶町千葉《おけまちちば》道場に通い、師範を務めていた。桶町千葉は、新撰組《しんせんぐみ》の山南敬助《やまなみけいすけ》や藤堂平助《とうどうへいすけ》から、坂本龍馬《さかもとりょうま》までが修行した道場で、今もさまざまな立場の人々が集まってくる。御府内はもちろん、京洛などで起きていることや噂話にも穣之進は通じていて、話が尽きなかった。

結実と源太郎が別宅に引き上げたときにはとっぷり夜も更けていた。

「途中で寝てただろ……」

「ばれてた？　お腹いっぱいになったら眠たくて」

「まあ、結実の居眠りは今に始まったことじゃないからな」

祝言の時のことを源太郎が言っているとわかって、結実はぷっと頬を膨らませた。

祝言の前の晩に産気づいた妊婦がいて、徹夜明けで結実は花嫁衣装に手を通した。一世一代の晴れの舞台だったのにもかかわらず、結実は、木遣《きや》りも謡《うたい》の高砂《たかさご》も夢の中で聞いたような気がする。そしてついに結実は源太郎の肩に頭をのせて舟を漕いでしまったのだ。

しばらくの間、居眠り花嫁と笑われ、結実は一生の不覚だと落ち込んだ。

源太郎は「寝てないんだからしかたないさ」と笑って結実を慰《なぐさ》めてくれたが、正直いえば、源太郎が女心をわかっているとはいいがたい。

寝てしまったのが自分だからぐっと我慢して言い返さずにいるが、結実にとってはそう簡単に割り切れるものではない。話を蒸し返されて笑われるたびに、いまだに胸がずきっと痛む。

その女心に源太郎は気づいていない。

「うまかったなぁ。鯛も平目も。穣之進さん、こりゃ、竜宮城だなんて手を叩いたけど、まさにその通りだと思ったよ。……正吉さん、跡継ぎができたのがよっぽど嬉しかったんだな」

布団の上に大の字になり、う〜んと腕を伸ばしながら源太郎がつぶやく。

「跡継ぎねぇ……」

源太郎はくるんと身体を返して、憂い顔でつぶやいた結実を見た。

結実は掛け布団を首までかきあげると、八千代のことを打ち明けた。

夜になって冷えがきつくなっている。

雨戸を通して、しとしとと雨が降り出した音がした。

「男子を産めないから婚家に帰れないって？　八千代さんがそういってたのか？」

「このままでは八千代さん、自分は岡本家から追い出されそうだって」

「いくらなんでも、郁馬さんがそんなことさせないだろ。三拝九拝《さんぱいきゅうはい》してやっと迎えた女房なんだ」

八千代は娘のときから美人で有名だったと源太郎はいった。

郁馬と一緒になる前に、八千代は足をくじき、大地堂に通ったことがあるという。八千代が現われると、待合室にいた患者たちはその美貌にざわめき、ぽかんと口をあける隠居までいたと続けた。

「そのうえ、学者の娘で賢いって評判だったから、縁談は降るようにあったそうだぜ。それが、きつい姑がいて、ご面相《めんそう》はお世辞にもいいとはいえない奥右筆の郁馬さんに嫁ぐと決まって、みんな、びっくり仰天したんだよ」

「ちっとも知らなかった。郁馬さまってそんなにすごい顔なの？」

「馬じゃなく、熊だという人もいる」

背丈も身体の幅も大きく、いかつい顔をしているのだろう。

そういう源太郎も背丈は五尺八寸（一七四センチ）近くあり、人より優に首ひとつ大きい。ただし、幅はなく、ひょろっとしていた。半鐘泥棒《はんしょう》だと揶揄《やゆ》されることもあれば、うっかり鴨居に頭をぶつけたりもする。

「にしても、源ちゃんがなんでそんなことまで知ってるの？」

「患者さんたちの受け売りさ。お侍んちはやっかいだな」

今もふたりは源ちゃん、結実と呼び合っていた。

返事がないので、源太郎が横を見ると結実はもうしっかり目をつぶり、寝息を立てている。源太郎は苦笑し、行灯《あんどん》の火を吹き消した。

二

魚正のマチは乳の出が悪かったが、五日目にしてなんとか足りるようになった。

この日、マチは赤ん坊を抱きながらつぶやいた。

「私は、丈夫なだけが取り柄なの。この子も病知らずでありますように」

マチは王子《おうじ》の貧しい水呑百姓の娘で、十二で女中として魚正に奉公したという。魚正の女中はみな長く奉公している年配者ばかりで、マチはこき使われもしたが、生来の素直な性分でまもなく妹分として認められたらしい。

そうこうしているうちに正吉と深い仲になった。

だが、女中がすんなり江戸でも名だたる魚屋の嫁になれるわけはない。

大事な跡取りに色目をつかうとはとんでもないと、正吉の両親は激怒し、正吉が銚子《ちょうし》の漁場に出向いたときに、マチに因果をふくめ、実家に戻してしまった。銚子から戻ってきた正吉は真っ赤になって怒った。何もかもほっぽりだして王子にすっ飛んで行き、マチを連れ帰るや、夫婦になれないなら家を出ると親の前で啖呵《たんか》を切ったという。

ここにいたって親も折れざるをえず、マチは晴れて魚正に嫁として迎え入れられたのである。

以来、マチは舅《しゅうと》姑《しゅうとめ》によく仕え、女中よりも早く起きて働き、かいがいしく正吉の世話もやいた。今では店の者にも慕われ、舅姑にも実の娘のようにかわいがられている。

「きっと丈夫に育ちますよ。目鼻だちも、おマチさんにそっくりですもの」

結実がそういうと、マチはえっとドングリ眼を見開いた。

「いやだ。団子っ鼻ってこと？　顔は正吉さんに似てほしい。いい男でしょ、うちの人」

確かに、正吉のほうが、マチよりも数段、器量はいい。だが、マチの笑顔は愛嬌たっぷりで、鈴をふるような声もかわいらしい。

「その正吉さんが惚れぬいたおマチさんだもの。この子はどっちに似てもいいに決まってます」

「結実さんたら、嬉しいことといってくれて。でもやっぱり、姿形は正吉さんに似た方がいいわ」

「のろけですか」

うふふと、マチははじけるように笑う。頰に散っている薄いそばかすも、マチの健やかさの証《あかし》のように見える。

「何がそんなにおかしいんだ？」

正吉が入ってきて結実に会釈すると、マチの肩を抱き、背中越しに赤ん坊の顔をのぞき込んだ。

「私と正吉さんのどっちに似てるかなって、いってたの」

「そりゃおまえだろ。ちんくしゃで、かわいらしいや」

「正吉さんに似てますよ。どことなく凜々《りり》しいもの」

肩をつつきあいながらクツクツ笑っているふたりに、「ごちそうさまです」といい、結実は部屋をあとにした。

帰り道、雲の合間から薄日が差していた。結実は豊海橋《とよみばし》の袂《たもと》で足を止め、日本橋川の先に広がる江戸湾の穏やかな海を見つめた。

マチは十八、正吉は二十と若い夫婦だが、会うたびにこちらまで明るい気持ちになる。

ふたりはいつも機嫌がいい。ほがらかな気分は伝染するものらしかった。

足取りも軽く霊岸橋《れいがんばし》を渡り、上岡町に入ると、引田家の門が開いたままになっていて、中からぼそぼそと話し声が聞こえた。

玄関の前に八千代が立っていた。今も寝たり起きたりなのに、外にでて大丈夫かと、八千代の身が気がかりで結実は足を止めた。

八千代が向かい合っているのは、郁馬だとすぐにわかった。身体が大きく、鬼瓦のような横顔をしていたからだ。

郁馬は八千代を慰めているように見えた。

が、次の瞬間、ふらっと八千代の身体がゆらいだ。

「どうした。おい、しっかりしろ」

結実はとっさに門をくぐり、しゃがみこんだ八千代に駆け寄った。八千代の顔が真っ青だ。爪が白い。

「とにかく八千代さんを家の中に」

「そなたは？」

「産婆の結実と申します。こちらにも通わせてもらっています。偶然、通りかかりまして」

ぐったりした八千代に肩を貸し、抱くようにして、玄関に入った郁馬の前に立ちはだかったのは、八千代の父・行蔵だった。

もぎとるように郁馬から八千代を引き離し、女中と八千代の母・弘江《ひろえ》に奥に連れて行くように命じると、行蔵は怒鳴った。

「お帰り下され」

結実が思わずうつむいてしまうほど、その声は厳しかった。

「しかし……拙者は」

「さっさと立ち去れ。いいわけなど無用！」

行蔵は吐き捨てるように重ねていう。

郁馬は唇をかみ、拳を握りしめると、行蔵に深々と頭を下げ、去って行った。

とんだところに居合わせてしまったと、結実は顔を上げることができない。

八千代は岡本家から離縁されると決まったのだろうか。郁馬はそのことを八千代に告げに来たのだろうか。

立ち去ることもできず突っ立っていた結実に、戻ってきた弘江は八千代の様子を見てほしいといい、中に招き入れた。

床についた八千代を改めてみると、数日前よりさらにやせていた。頬がげっそりとこけ、三つも四つも老けてしまったように見える。

このところ八千代がほとんど何も口にしないと弘江は低い声でいった。

それも無理からぬことかもしれない。

万が一、夫婦別れとなれば、子どもふたりを置いてきた家に、八千代は戻れない。その上、八千代は赤ん坊が流れたばかり。八千代が大事にしているものはすべて失われてしまうのだ。

「ちょっとでもいいから、食べないと。身体に滋養がつく薬をまたお持ちしますね」

遠慮がちに結実はおずおずといったが、八千代は目を閉じ、横をむき、答えなかった。

部屋をでた結実に、弘江が涙を指でぬぐいながらつぶやく。

「向こうの舅姑さまが……嫡男が産めない女は戻ってこなくてよいと申されたそうで……」

「母上……泣かないでくださいませ。あちらはきっとはじめからそのおつもりだったのですから」

八千代の声が部屋から聞こえた。弘江が八千代を励ますようにいう。

「郁馬さんは離縁するつもりはないと、おっしゃっていたではないですか」

「私はいつ本復するのかわかりません。本復したところで、男子が持てるかどうか。そんな嫁は岡本の家には不要でございましょう。郁馬さんだって、親御様に逆らうことなどできない……そうじゃありませんか」

結実はかける言葉がみつからなかった。

離縁するつもりはないといったというが、郁馬は八千代の父・行蔵に一喝されると悄然《しょうぜん》と帰って行った。

魚正の正吉のように、郁馬は家を出ると啖呵《たんか》を切ることもできないのだろう。侍にとっては家が第一。自分ひとりの思いで突っ走り、子孫にまで約束されている身分と扶持《ふち》を捨てることができるとは思えない。

侍が家を捨てるのは、浪人におちるということだ。八千代だって、浪人となった郁馬との暮らしなど想像もしていないはずだった。

八千代も辛いが、家を背負わされて動きがとれない郁馬も八方ふさがりだ。

生まれてくる子どもが男か女かなんて、誰にもわからない。それなのに、こんなむごいことが起きるなんて間違っている。

だが世の中は思うようにはならない。


外に出ると、冷たい雨が降っていた。結実は弘江に貸してもらった傘を広げた。

暗い空のせいで、町並みも墨絵のように見える。

肩を濡らしつつ、うつむいて通り過ぎた棒手振《ぼてふ》りのため息が聞こえた気がした。

夏が終われば秋が来て、やがて冬になるとわかっていても、ひと雨ごとに寒さが厳しくなるこの時期は、ただでさえわびしい気持ちになる。

八千代のことを思うと、結実は切なかった。

鎧《よろい》の渡しを左に折れたとき、坂本町の大地堂の前に人垣ができているのが見え、結実の胸がどきっとした。

「ごめんなさい、通してもらえますか」

雨にもかかわらず、門の前で二重三重になっている人々をかき分けるようにして中に入ると、本宅の大地堂の入り口に、大八車《だいはちぐるま》が横付けされ、血が流れたあとがあった。

奥の土間からは、男のうめき声と「しっかりしろ」「大丈夫だ」「歯をくいしばって」

という源太郎の声が聞こえた。

怪我人だ。それも相当重傷のようだ。

そのとき、町方同心の坂巻権左衛門《さかまきごんざえもん》と老練の岡っ引き・三平が土間の勝手口から出てきた。

手術には大量の水を使うため、土間には井戸に通じる勝手口がもうけてある。下男の長助《ちょうすけ》が毎朝、くみ上げた井戸水をその勝手口から土間に運び、中のかまどで沸騰させ、大瓶に移し、いつでも使えるようにしていた。

三平は結実に頭を軽く下げると、ほっかむりして門を飛び出していった。

坂巻は庇《ひさし》の下に立っている結実に気づくと、歩み寄ってきた。坂巻は三十がらみで、三人の子どもはすべて真砂が取り上げたので、結実とも顔見知りだ。

「横浜の商人が日本橋の通りで斬られた。今、正徹先生と源太郎さんが手当てしておるが……助かるかどうか」

坂巻は結実の頭の中を見たようにいった。

同心といっても気さくで気のいい坂巻だが、今日はその顔に暗い影がさしている。

「真っ昼間に、江戸随一の大通りで辻斬りとは。こちとらもなめられたもんよ。その上、おれらが駆けつけたときには下手人は逃げちまっていた」

「いったい、誰がこんなこと」

「下手人は三人。みな浪人のような、着古した着物と袴を身につけ、髪もそそけていたと目撃した者はいっておるが……どうだか。それも隠れ蓑かも知れねえ。三平が下っ引きを走らせて、探索に駆け回っておる。こんな天気なのによう」

入り口の上がり框に頭を抱えて座り込んでいた若い男が、よろめくように走ってきて、坂巻にすがりついた。

「旦那様の容態はどうなんですか？　死んだりしないですよね。大丈夫ですよね。……なんでこんなことに」

目が血走り、唇が震えている。

「おまえが無事でよかった。悪くすると、一緒に斬られるところだった。横浜に使いをだしたか？」

男は横浜で外国と取引をしている生糸商《きいとしよう》『原富《はらとみ》』の手代・良平で、怪我をしたのは主の富五郎《とみごろう》だという。岡っ引きの三平を通して、横浜には早馬《はやうま》を頼んだと、良平はいった。

「手当には時間がかかりそうだ。おまえは、富五郎の命が助かるように祈ってやってくれ」

坂巻は男を抱くようにしていった。

そのとき、絹の声が聞こえた。

「帰ったの？　結実に手伝ってほしいって、源太郎さんが」

畳廊下から顔を出した絹の顔も緊張で強ばっている。

結実は急いで別宅に戻り、洗い立ての手ぬぐいを姉さんかぶりにし、真っ白な術着を身につけた。

井戸水で肘まで丹念に洗い、勝手口から奥の間に入る。

中は血の臭いがした。

寝台の上で、富五郎がうめき、痛みにもがいている。今このときも、太股と背中から血があふれでている。すのこに敷かれた油紙に血だまりができていた。

「結実か」

「はい」

「肩を押さえてくれ」

富五郎の背中を押さえつけていた源太郎が振り向きもせずにいう。

産婆という仕事柄、血を見ても耐えられる結実とすずは、いざというとき、大地堂に助っ人としてかり出される。

富五郎は、ひと目で、抜き差しならない状態であるとわかった。

右腿《みぎもも》のぱっくり口を開けた深い傷を止血しつつ、正徹と源太郎は傷口を煮沸した水で洗い、焼酎で消毒しようとしている。

口には舌をかみ切らないように、手ぬぐいをまわしてあった。

血がしみこんだ晒し木綿を替える瞬間、腿の傷の奥に白いものが見えて、結実はぞっとした。傷は骨まで達している。骨まで切られているかも知れなかった。

噴き出す血の多さと、痛みで身体がもだえるために、手当は遅々として進まない。

右腿だけでなく、背中からの出血も止まらない。

富五郎の両肩に手ぬぐいをあて、結実は力いっぱい押さえた。

人の身体はすべりやすい。その上、重傷であっても、手負いの虎のように思わぬ強い力をだすことがある。

金創膏《きんそうこう》を塗り、縫い合わせ、ようやくきつく晒《さらし》をまいたが、そのころには富五郎はときおり痛みに顔をゆがめるものの、はぁはぁと荒い息をするだけになっていた。

油紙などを片付け、手代の良平を招き入れると、良平は寝台の脇においた床几に座り、富五郎の手をとった。

「旦那様、生きてください。お願いしやす、神様仏様、どうぞどうぞお助け下さい」

手代にここまで慕われる富五郎の徳の深さがうかがわれた。

桜田門外の変で大老の井伊直弼《いいなおすけ》が暗殺されたのを機に、刀で時代を変えようとする志士たちによる暗殺が増えている。尊王攘夷の大義のもと、要人だけではなく、外国人と商いをする商人や通詞などにまで刃を振るう者もいる。

富五郎は、外国人と取引をしている生糸商という理由で襲われたようだった。

横浜が開港して六年がたっている。

阿片戦争後の混乱で中国の生糸の輸出が滞ってしまったために、昨今、急速に日本からの生糸の輸出量が伸びている。開港前は半農半漁だった横浜の町は、生糸貿易の隆盛とともに、国際港都となった。

一方、外国に生糸が流れているため、国内の生糸は不足し、値段も天井知らずだ。米や大豆の値上がりも続いている。米の高騰は、続く冷害と、長州征伐などを見越した商人の買い占めが直接の理由だったが、開国したためだと苦々しく思っている者も少なくない。

富五郎は手当のかいなく、半刻（一時間）後、この世を去った。

翌日の夕方、富五郎の息子・富幸《とみゆき》が横浜から駆けつけた。雨が降り出したので、川崎の宿に馬をあずけ、あとは菅笠《すげがさ》に引き回し合羽《がっぱ》で雨をしのいで歩いてきたと、青い顔でいう。

熱い湯で足をすすぐなり、富幸は富五郎が安置された座敷に転がるように入っていった。顔に白い布をかけた富五郎を見ると、富幸は絶句した。

「これから……これからだったのに」

うめくようにつぶやき、富幸は富五郎の身体にすがって泣いた。一晩、亡骸につきそっていた手代の良平と並び、源太郎もその後ろに控えていた。

富幸は二十代半ばで、父の右腕として働いていたという。だが、異人相手にこれから店を守っていくのは並大抵のことではないだろう。

「商人を殺して何になるのか。動き出した世の中を止めるすべなどないのに。愚かだ。愚かすぎる。……横浜居留地の医者だったら、父の命も助かったかもしれないが、血止めをして、麻酔もせずに縫うだけの治療では……苦労を重ね、やっとここまできて待っていたのがこれとは……無念だ」

悔しさを隠そうともせず、富幸は嘆き続けた。

富五郎は上野国《こうずけのくに》の庄屋《しょうや》の次男だったという。上野国は養蚕《ようさん》が盛んな地域で、富五郎は十代で糸繭《いとまゆ》商として繭の販売をはじめ、安政六年に横浜が開港するといち早く横浜に生糸を出荷した。

良質な前橋糸や上州糸を取り扱い、商売を発展させ、三年前に横浜関内に生糸商の看板をあげた。良平はじめ、店で働くのは上野国の百姓の次男三男で、富五郎は奉公人の面倒もよく見て、父親のように慕われていた。

だが、富五郎は志なかばの齢《よわい》四十五で逝った。

明日、馬車で富五郎を連れて帰るという富幸と良平のために、絹は床も用意した。

別宅に戻った源太郎は、これまでにないほど憔悴《しょうすい》していた。

「……息子さん、力を落とされていたでしょう」

「元気に家を出て行った親父さんが物言わぬ姿になっちまったんだ。醒めない夢をみているようだろう」

「……あんなことがなければもっともっと生きられたのに。ひどい話よね。いきなり斬りつけられるなんて。源ちゃんも辛かったよね。一生懸命手当てしたのに。でもあそこまで深く斬られたら、どんな医者だって、どうしようも……」

「富幸さん、居留地の医者だったら助けることができたかもしれないって言ったんだ。富五郎さんは、もしかしたら助かる命だったんだろうか」

源太郎は結実の言葉を遮《さえぎ》って低い声でいう。

「えっ?」

「ほかに打つ手があったのか。としたら、それはどんな手当なんだ……」

源太郎はため息をつき、行灯を消すと、もそもそと布団に入った。結実の首の下に手をまわしたまま、源太郎は長いこと、真っ暗な天井を見つめていた。

翌朝、富五郎の遺体は、馬車に乗せられ、横浜に戻っていった。

三

八千代の動悸《どうき》が止まらないので往診を頼みたいと大地堂に引田家から使いが来たのは、その三日後だった。

折良く、今日明日お産になりそうな妊婦もいなかったので、結実も源太郎とともに引田家に向かった。あれから、八千代と郁馬はどうなったのか、結実はずっと気になっていた。

重たい雲がどんよりとたちこめている。

弘江はすぐには奥の八千代の部屋に案内せず、ふたりは玄関の次の間に通された。

「……頭が痛いとか動悸がすると八千代がいいだしたのは、一昨日、岡本家からの使いが来てからでして……」

三畳ばかりの狭い部屋で、顔つきあわせるようにして、弘江が重い口を開いた。八千代のことで胸を痛めているからだろう。弘江の髪には白いものが増え、顔には疲労の色がはりついている。

使いというのは、岡本家の親戚の五十代の女で、相対するなり、離縁を承知してくれと八千代に迫ったという。

「なんてこと……それで八千代さんは？」

八千代はうなずかなかった。

――千歳《ちとせ》と文香《ふみか》を手放しとうはございません。

――おふたりのことはご心配はいりません。いずれ、おふたりをかわいがってくれる方をお迎えすることになりましょうし。

女は意地悪くいって、口元だけで微笑んだ。

――郁馬さんも……そのおつもりなのですか。承知されたのですか。

――いずれにしても、お家のことを考えればそうするより仕方ないでしょう。あなたは婚家に子どもを押しつけて実家に帰ってしまわれた。いくら女中がいるといっても、お年を召した方が朝から晩まで小さな子どもの世話をするのは大変で、おふたりとも腰をお痛めになったそうです。お気の毒に。

──子が流れた私に、実家に帰って養生するようにとおっしゃったのは、義母上《ははうえ》です。実家に戻るなら娘たちも一緒にと願いましたが、許していただけませんでした。

──いいわけなんぞ、通じませんよ。お家のために身を引いていただかないと。それが娘御たちのためでもあるんですから。

──お言葉ではございますが、承諾はいたしません。いやでございます。郁馬さんからお話を伺うまでは。どうぞ、お帰り下さいませ。

その日から八千代はものをいわなくなったと、弘江は唇を嚙《か》む。

八千代はまた痩せていた。潤んでいる目ばかりが大きく見える。

結実たちが部屋に入っていっても、天井にやったその目を動かしもしない。

「眠っておられないのではないですか」

「ええ。うとうとするばかりで……」

「食事もとられていないでしょう」

「喉を通らないものですから……」

源太郎は薬籠《やくろう》から、胃腸の働きを助け、気を巡らせて、不眠を改善するようにと、人参《にんじん》、茯苓《ぶくりよう》、柴胡《さいこ》などをとりだし、処方する。

その間、結実は八千代の身体を揉《も》んだ。八千代の手足は冷え切っていて、まるで死んだ魚のひれのようだった。

「八千代さんは頑張ってますよ、本当に」

岡本家の使いの女に、逃げずに相まみえ、八千代は力を使い果たしてしまったように見える。

だが、天井をにらむように見つめている八千代の目の奥に、結実は強い意志を感じた。

娘たちと別れはしない。

郁馬のことも手放さない。

何が起きてもあきらめない。

八千代は心の奥で、冷たい炎を燃やし続けているような気がしてならなかった。

引田家を後にすると、結実は源太郎の袖《そで》をひいた。

「一生懸命、身体を治そうとしているのに、家から追い出して、娘さんも取り上げるなんて、あんまりよ。どんな薬を飲んでも、八千代さん、良くならないわ」

源太郎は眉《まゆ》をあげた。

「それはそうだが、おれたちにできることなど……」

「郁馬さんの気持ちを確かめたいの」

結実は勢い込んでいった。使いの女は郁馬が離縁に承知したとはいっていなかったはずだ。

「確かめるって？」

源太郎が怪訝《けげん》な顔で聞き返す。

「八千代さんは、やっぱり今でも郁馬さんのこと、信じていると思うの。でもこたえるよね、そんな使いが来たら。郁馬さんが心変わりしたかもしれないって。……だから八千代さん、どんどん弱ってきて」

「郁馬さんが承知しているとは思えねぇ。もしかしたら、岡本の両親は、郁馬さんの気持ちも蔑《ないがし》ろにしてるんじゃねぇのか。自分たちの思うようにものごとを運んでしまえば、ふたりがあきらめると思っているのかもしれん……」

吐息混じりの源太郎の声を結実が遮《さえぎ》る。

「だから誰かが、郁馬さんの気持ちを確かめないと。八千代さんは郁馬さんに会いに行ける状態じゃないから」

「誰かがって、誰が？」

結実は上目遣いで源太郎をじっと見つめた。源太郎が目を見張った。人差し指を結実に向け、次に自分の鼻をさし、素っ頓狂な声をはりあげた。

「まさか、おれたちが？　いくらなんでも、そりゃまずいだろ。親戚でも何でもないんだぜ」

「ほかに誰か頼める人いる？」

「……おれたちは、ただの医者と産婆だ」

「……子どもが流れて実家に戻ってきた八千代さんを私、ずっと見てきた。少しずつよくなると思っていたのに、元気になろうとする身体を気鬱《きうつ》が邪魔して、悪くなるばっかり。……このまま放っておいたらどんどん衰弱してしまう」

「郁馬さんが離縁するつもりだと言ったらどうなる？　うじうじ、どっちつかずなことを言うのかもしれないぜ。そうなっても、結実は八千代さんにちゃんと伝えられるか」

結実は頬を手に当てた。

「それは……難しいよ、やっぱり」

「だったら」

はっと結実が顔をあげた。

「郁馬さんを八千代さんの前に引っ張ってきたらどう？　八千代さんが話したいのは、誰より郁馬さんだもの。たとえ私が、郁馬さんの言葉を伝えても、それがいい話でも、八千代さんは信じないかもしれない。……源ちゃん、お願い。一緒に行ってよ。郁馬さんをふたりで連れてこようよ」

困った顔でだまりこんだ源太郎を、結実は見て、ふうっとため息をつく。

「そうよね、源ちゃんは大地堂に戻らなくちゃならないわよね。おとっつぁまひとりじゃ、列をなしてる患者さん、さばききれないもん。……わかってる。……いいわ、私、ひとりで。ちょっと心細いけど」

「待てよ」

「行くわ。八千代さんがかわいそうで、もう見てられない」

結実はこぶしをきゅっとにぎると、くるりときびすを返し、ひとりで歩き出した。

岡本の家は築地《つきじ》にあると聞いていた。西本願寺《にしほんがんじ》近くの備前橋《びぜんばし》のそばだという。

亀島町河岸通《かめじまちょうかしどお》りを結実はまっすぐに進んだ。

日本橋川から霊岸橋で南へ分流し、亀島橋、高橋を経て大川に合流する亀島川は、江戸城への物資搬入の拠点で、亀島川が大川と合流する高橋のたもとには、船番御用と幕府御用船の管理を行う御船手組屋敷と船見番所が置かれている。

野菜や魚を積んだ舟だけでなく、品川沖などで大きな船から品物を受け取った伝馬《てんま》船《せん》や小舟も、この亀島川を上ってくる。

たっぷり湿気を吸った風が結実の髪をなぶっていく。

そのとき川を上がってくる魚正の旗をつけた舟が見えた。船頭の威勢のよいかけ声、荷役夫《にやくふ》たちの声が聞こえる。

それにしてもと、結実は思った。

美人で頭がよく、家柄もいい、非の打ちどころのない八千代。

貧乏人の娘で、顔立ちは十人並み、手習い所にもろくに通えなかったために、魚正に嫁に入ってから読み書きを覚えたマチ。

ふたりを比べるのはどうかとも思うけれど、八千代がまっ先に幸せをつかみそうなものを、実際は逆で、マチは舅姑にもかわいがられ、八千代は家を追い出されかかっている。

マチは男子を産み、八千代はそうでなかった。けれど、理由はそれだけなのだろうか。

血の繋がった跡継ぎをもてないというのは、武家や大店《おおだな》にとっては大ごとだが、それでも、やはり岡本の舅姑のやり方は強引すぎる。

役人の登城は、昼四ツ（午前十時）、下城は昼八ツ（午後二時）とほぼ決まっていて、郁馬はそろそろ帰宅する時間だった。

だが、郁馬が家にいない可能性だってないわけではない。怖い舅姑しかいなかったらと思うと、さすがに結実の心が折れそうになる。

そのとき、聞き慣れた足音が近づいてきた。結実がふりむくと、源太郎が駆け寄ってきた。

「おれも行くよ。相手は侍んちだ。医者と産婆がそろって頼むほうがいいだろ」

「源ちゃん、来てくれたの……よかった。ひとりじゃ心細かったの」

結実が胸をなでおろすと、源太郎はくすっと笑う。

「大げさだな。さっきは振り向きもせず、手をふって歩き出したくせに」

結実は源太郎の手をきゅっと握り、笑みを返した。


「郁馬はまだ戻っておりません」

岡本家に訪《おと》いを入れると、姑の松江《まつえ》が出てきた。鬼瓦の郁馬の母とは思えぬ、整った顔をしている。

「私は坂本町で医者をしておりまする藤原源太郎と申します。こちらは女房の結実で、産婆をしております」

源太郎の口から女房といわれるとくすぐったくなるが、今回ばかりは結実も緊張で顔がこわばったままだ。

「で、お医者さまとお産婆さんが当家になんの御用でございましょう」

「……実は八千代さんのことで……」

結実が八千代の名を出した途端に松江の態度が変わった。

「八丁堀の医者と産婆がわざわざ我が家をお訪ねになるとは……あの人から何か吹きこまれましたか」

「いえ、そうではなく、私たちが勝手にうかがった次第で……」

「お帰りくださいませ」

とっさに結実がいったが、松江に聞く耳はなかった。

「お帰りくださいませ。当家のことに首を突っこむのはおやめくださいませ。だいいち八千代は、もううちの者ではございませんし」

松江は目に怒りをみなぎらせ、甲走った声をあげた。

「でも」

前に出かけた結実の肩を源太郎がつかんだ。結実の耳元で源太郎が「もうよせ」とつぶやいた。

「だって八千代さんは、離縁したくないといってるのよ。自分の子どもと別れるのはいやだって。郁馬さんの気持ちが知りたいって……」

そのとき、後ろに人の気配がした。

郁馬だった。

「それはまことでござるか。私は離縁など考えておらぬ。母上、いったい、どういうことでござる」

郁馬の顔が興奮で赤く染まっている。松江は郁馬の目を見返す。

「それが我が家のためです。男子を産めないだけではございません。何かというと部屋に閉じこもり、書物に熱中し、裁縫も親戚づきあいもすべて私まかせ。歳暮やお盆の贈り物をあの人が一度だって選びにいったことがございますか。上役のご新造様のお茶会の手伝いに行くのは、いつも私ですよ。千歳と文香は女子なのに、論語《ろんご》を読み聞かせ……ばかばかしい。あの人の思うように娘を育てたら、男児のようになってしまいましょう。離縁して、おとなしいごく普通の嫁を迎えるのがそなたのためにな……」

「母上、その話は不承知と申し上げたではござらぬか」

郁馬は血相を変えて飛び出していった。

「失礼いたしました」

「ごめんくださいませ」

唇を噛み、こぶしをぶるぶると震わせている松江に、源太郎と結実は一礼すると、あわてて郁馬の後を追った。

数馬橋《かずまばし》、中ノ橋を渡り、八丁堀の町屋の間を抜け、亀島川沿いを三人は塊《かたまり》になって歩いた。

「母上がいう通り、八千代は本が好きで、家事が不得手《ふえて》なのです。幼いころから論語を習ったとかで、娘たちも自分と同じようにと育てておりまして……母や親戚とは諍《いさか》いが絶えません」

郁馬は低い声でいった。

ぽつんと雨粒が落ちてきたのはそのときだった。ぽつり、またぽつりと地面に雨のしみをつけていく。

なんとかずぶ濡れにならずに引田家に辿り着いたのは幸いだったが、あいにく、行蔵がすでに帰宅していた。

行蔵の郁馬への怒りは、先日やってきた女のために沸点まで達していた。

「おめおめと、よくも顔を出せたものだ」

「郁馬さまは何もご存じなくて……」

　結実や源太郎がとりなそうとするが、行蔵は怒声をあげる。

「すべて親のせいだというのか。同じ屋根の下に住んでいてわからぬと。それが男子の言葉か。帰れ。恥を知れ！」

「ごめん」

　突然、郁馬は行蔵の体を押しのけ、奥に向かった。

　追いかけようとした行蔵の腕を源太郎がつかんだ。

「ふたりに話をさせてあげてください」

「手を放せ」

「八千代さんもそれを望んでおられます」

　源太郎と結実が口をそろえる。

　郁馬の姿が八千代の部屋に消えると、ひそやかな声が聞こえてきた。

「離縁の話にいらしたのですか」

「そのようなことを……」

「あなたさまがそうおっしゃるのなら、そういたしましょう。これ限り……」

　行蔵がたまりかねたように大声で叫んだ。

「孫娘たちは当家で育てる。岡本の家には残さぬ」

一瞬の沈黙の後、郁馬の声が返ってきた。

「それには及びませぬ！　私と八千代の子でござる。……八千代、私はおまえ以外、嫁に迎える気はない。女房はおまえひとりだ」

「でも私はもう子は産めぬかも知れません」

「子はふたりおる。男がいなければ養子をもらえばいい」

「お舅さまとお姑さまが了承なさるはずがありませぬ」

「承知してもらう。おまえにこれ以上辛い思いはさせん」

八千代のすすり泣きが聞こえ、結実の胸に安堵の思いが広がった。弘江もたまらず顔を手でおおった。

「なぜあいつはここまで煮え切らなかった」

「おまえさま、もうよろしいではありませんか」

弘江はむせびながら、まだ苦い顔をしている行蔵の背に手をやり、つぶやいた。

四

二日後、引田家に顔を出した結実を、八千代は穏やかな表情で迎えた。

「雨降って地固まるですね」

「結実さんと源太郎さんが訪ねて行って下さったおかげです。あの人、昼行灯《ひるあんどん》というか踏ん切りがつかないというか……切羽詰まるまで、動けない人なんです」

「もしかしてこうなるって、八千代さん、思ってたの？」

何もかも見通しているような目をして、ふっと八千代は口元をほころばせる。

「郁馬さんは幼いころ、私と手習い所が同じだったの。論語や訓蒙書（解説書）に夢中になっていた私は、男の子たちに『女のくせに』ってよく意地悪されてね。それで私が泣き出すと、三つ年上のあの人がかばってくれたの。『女が学問をしてなにが悪い。そんなことで女をいじめるなんて男らしくない』って。泣く前にかばってくれればいいのに、いっつも私が泣いてからなの。時がかかる人なのよ。大人になっても」

「それで郁馬さんと一緒になったの？」

八千代は小さくうなずいた。

「こんな私をおもしろがって、好きなことをしていいと言ってくれた……ありのままの私をひとりの女として見てくれる、ただひとりの男だったから。あの人を喜ばせてあげたかったのに。……跡継ぎを産めたらよかったのに」

八千代はしゅんと洟《はな》をすすった。

「あの子、どうして生まれて来れなかったんだろう。お腹の中で育っていたのに。元気に動いていたのに。私が守ってあげられたらよかったのに。そうさせてほしかったのに。……人は死ぬと仏様になる。墓もある。でもあの子は、水子はお地蔵さんのところにいったのよね」

流産したり出産直後に亡くなった赤ん坊は、無縁仏として扱われ、葬儀を行うことはなかった。そして、水子になってしまった赤ん坊を鎮《しず》め、守るのは、地蔵菩薩《ぼさつ》と信じられている。

「……子どもって、なんだろう……」

「なにって？」

突飛な問いかけをした八千代を、結実はまじまじとみた。八千代の目が潤《うる》んでいた。

「家のため？　親のために生まれてくる？　結実さんはいっぱいお産をみてきたでしょう。生まれてくる子、生まれてこられなかった子、男と女に違いはある？」

結実は胸に手を当てて考え込んだ。

この世にいる人はみな母親の腹から出てきた。それゆえに、お産をただの人の営みのひとつと片づける人もいる。

だがお産は、母親と赤ん坊にとって、全身全霊をかけて挑む、命をかけた戦いだ。

だから無事に赤ん坊がこの世に出てきたとき、「生まれてきてくれた」という感動で結実の胸はいっぱいになる。

「赤ん坊はただ一生懸命生まれてこようとしていると思う」

結実はそれ以上の言葉が見つからなかった。

「ただ一生懸命……」

「ええ」

「それだけ？」

「それがすごいって思うの」

「……男も女も？」

「ええ、どの子も。……元気に産まれる子も、そうでない子もみんな」

八千代はうなずくと、布団から手を出し、そっと結実の手を握った。

それから十日ほどして八千代は床上げをし、さらに十日ほどして岡本家に帰って行った。

その夜、結実と源太郎は並んで帳面をつけていたが、源太郎はふと顔を上げてつぶやいた。

「八千代さん、舅や姑とうまくやってるかなぁ」

「さすがに和気あいあいとはいかない気もするけど」

「郁馬さんが盾になって守ってくれるよな」

源太郎は八千代が学問好きの楚々《そそ》とした美人だといまだに信じている。男はみな美人に甘い。

これからもことあるごとに、八千代は女腹と責められるかも知れない。相手は舅姑だけではなく、親戚や知り合いなど、口さがない人はどこにもいる。

だが八千代はきっと負けないだろう。何があっても郁馬と娘たちは手放さないという覚悟で、八千代は自分を追い出そうとする者がいる家に、帰って行ったのだ。

そして八千代は自分を受け入れ、おもしろがってくれる郁馬という男をちゃんと選んだ、大した女でもある。

その点、自分も同じかも知れないと、結実はくすりと笑った。

「何、笑ってんだ？」

「なんでもない」

源太郎は人差し指で、結実の額をつんとつっつく。

「おかしなやつ」

日に日に夜が長くなっている。

さらりと空気が軽い。秋入梅は終わり、明日はからっと晴れそうだった。

# 第二章　初霜おりる

一

「章太郎、早くお行きなさい」

手ぬぐいを姉様かぶりにした絹は、箒《ほうき》をもつ手を止め、畳廊下から庭に声をかけた。

昨晩から今朝にかけて、きつい冷え込みがあり、庭に霜がおりた。

楓《かえで》やつつじはすでに落葉しているが、ところどころに残った葉がある。章太郎はのぞきこむように見ては、残り葉を一枚、また一枚とちぎって帳面にはさんでいた。

「手習いに遅れますよ」

もう一度、絹が声をはり上げると、章太郎は観念したように荷物をかつぎ、「いってまいります」と門に向かった。

章太郎は全身を使い、ゆっくり歩く。一歩進むたびに肩まで揺れた。

章太郎の足首は生まれつき、内側を向いている。正徹はなんとか足を矯正できないか、あれこれ試したが治すことはできなかった。

走ることも正座することも木刀をふりまわすこともできず、章太郎は幼いころ、ほとんど家から出ることがなかった。話し相手は結実やすず、源太郎だけだった。

手習い所に行きだしてようやく気軽に話をする友人もできたが、中には足のことをからかったり、ばかにしたりする者もいて、気の張ることも少なくないらしい。

医師の息子だから成績はまずまずだと思われがちだが、そちらのほうも芳《かんば》しいとはいい難く、それが絹の頭痛の種でもあった。

だが章太郎には夢中になるものがある。筆と墨と紙があれば時間を忘れる。絵具があれば一日中でも筆を握っている。

章太郎のたっての願いで、昨年の九月からは十日に一度、四谷《よつや》に住む関根《せきね》雲停《うんてい》という本草画家の元に通いはじめた。

足の悪い章太郎にとって、八丁堀と四谷との往復は試練といってもいいほどなのだが、その日ばかりは絹にいわれなくてもひとりで起きて日の出と共に家を出る。雨の日も雪の日も休まない。

帳面にはさんだ葉の中から章太郎は気に入ったものを選び、手習い所から帰ったら絵に描くつもりなのかもしれない。

真砂は、あわてて門から出て行く章太郎の背中を眺めながら、ふとそんなことを思った。

章太郎は、幼い子どもや年寄りなど弱いものには特にやさしい。

真砂が倒れて以来、章太郎は何かと気づかってもくれる。

わざわざ文机《ふづくえ》を真砂のいる部屋に持ち込み、絵を描きながら何でもない話をさもおもしろそうに披露する。自分も不自由な体なのに、左半身が麻痺《まひ》している真砂の手をひいてくれることもある。

章太郎の絵が上達しているかどうかは、真砂にはわからない。

けれど、思うようにならない体で四谷まで往復することがどれだけ身にこたえることなのかを、自分がそうなってみて改めて真砂は実感し、章太郎の絵に対する思いの強さが胸に沁《し》みた。

少しずつでも章太郎が思うような絵を描けるようにと、真砂は願わずにはいられなかった。

「おっかさま、考えてくれました?」

「ん?」

振り向くと、絹が頭からはずした手ぬぐいを小さくたたんで胸元に押し込みながら、きらっと目を輝かせた。

「芝居見物のことですよ。霜月《しもつき》は顔見世《かおみせ》興行。思い切っていきましょうよ」

転んで骨折した旗本の奥方の腕が完治したというので、市村座《いちむらざ》の『白浪五人男《しらなみごにんおとこ》』の招待が大地堂に舞いこんだのは、三日前のことだった。

というわけで、紅葉狩りを断念した絹は、今度は芝居見物に真砂を連れ出そうと躍《やっ》起《き》になっている。

十一月は年に一度の、座付きの役者が入れ替わる時期にあたる。

新しい役者が揃って挨拶するこの月の顔見世興行は、歌舞伎の一年のはじまりであり、芝居町の正月でもあった。江戸三座の前には米俵など贈り物の品々がうずたかく積み上げられ、それを見物する人々でも大いに賑わっている。

「霜月ももはや半ばですけれど、芝居町の浮かれ気分は続いているはずですわ。演目も華やかでわかりやすいし。おっかさま、行けばきっと、気が晴れますよ」

「おまえたちだけで行っておいで。私はいいよ」

「屋根船を出してくださるそうですよ。向こうでは茶屋の者が屋号の紋入り提灯《ちょうちん》をもって船着き場に出迎えてくれますし、茶屋では奥座敷をご用意くださるって。お席も緋《ひ》毛氈《もうせんじ》敷きの桟敷《さじき》でゆったりしていますって」

いかないよ」

「豪勢だねぇ。でも朝から晩まで芝居を見るなんて、とてもとても。私の体がついて

芝居興行は、明け六ツ（午前六時）から、暮れ七ツ半（午後五時）までと一日がかりである。

「誰に気兼ねをしなくてもいいんです。疲れたら茶屋で休んでもいいし、桟敷でうとうとしたっていいじゃありませんか。おっかさま。行かなかったら、きっと後悔します」

強引なまでに絹が真砂を誘うのは、こんな機会、滅多にあるものではないからだ。桟敷席は、ひとり一両はくだらないうえ、いい席は茶屋が買い占めており、ましてや顔見世興行となればご贔屓《ひいき》以外にはとてもまわってこない。

絹は、女中のウメとともに奥向きの一切合切を切りまわし、患者の話し相手から看病までも引き受け、大地堂を陰で支えてきた。

歌舞伎好きは旗本や大店《おおだな》の主《あるじ》から長屋の住人まで、まわりに大勢いるが、絹にとっては歌舞伎見物は夢のまた夢。実をいえば娘時代に木戸席で二度ほど見たきりだった。

自分がいなければ大地堂はまわらないからと、当初、絹は申し出を断ろうと思っていたらしい。だが、正徹に「せっかくだから、着飾って行ってこい」と背中を押され、

絹は舞い上がった。近ごろでは歌舞伎好きの患者をつかまえては、人気役者の噂話まで調べまくっている。

袖を通す機会もなくお蔵入りになってしまった外出着や帯を取り出し、帯留めや帯揚げをあれこれ合わせたりもしている。

「私とおっかさま、章太郎とウメの四人、うちそろってまいりましょう。よございますね」

そういうと絹は入り口の戸をあけ、「お待たせしました」とにこやかに患者を招き入れた。

真砂は表情を消し、長い息を吐いた。このところ、何もする気にもなれない日々が続いていた。

「これは……切ったほうがいいな」

畳廊下から、源太郎の声が、隣の茶の間にいる真砂に聞こえた。畳廊下は、軽傷の患者用の診察室だった。油気が抜けたような患者の声が続く。

「切る？　刃物で？　んな殺生な」

「情けない顔をしなさんな。切るっていったって、ほんのちょっとだ。長さはそうだな半寸（一・五センチ）、深さは紙一枚の厚さほどで……」

「今日はけえるわ」

「待てよ、話を聞けって」

「いや、けえる」

治療を断ろうとする患者をなんとか引き止め、源太郎は肌の内側に小さな袋ができてしまい、その中のものが膿《う》んで赤く腫れていると説明しはじめた。

「切らずにいると、何倍にも腫れあがるかもしれん。となるとやっかいだぜ」

「やっけえって？」

「痛みも続くし、熱がでることもある」

「よせやい。おどかすない」

「おどかしてなんかいないさ」

「それでもほったらかしにしたらどうなる？」

「破裂する。噴火だ」

「噴火ってえと、中から何がでやがる？」

「膿《うみ》だ」

「……」

「膿がでた傷口を放っておけば、総身に毒がまわることもある。そうなると大ごとだ。命に関わるかもしれん。今なら、半寸、切るだけで済む」

しばらく沈黙が続いた後、男はしゃがれ声に節をつけていう。

「お源さま、やっぱりあなたは、やっぱりあなたはやっぱりあなたは切るがええ。お切りなされてくださりませ、だ」

「……な、なんだ、それ」

源太郎が驚いた声を出した。

「『お染久松《そめひさまつ》』の台詞になぞらえたんだよ。ちょいと無理はあったがな。え？　先生、知らねえのか。油屋の娘のお染が丁稚《でっち》の久松と心中する話だよ。その中に、おそめさま、やっぱりあなたはやっぱりあなたは山家屋へ、お帰りなされてくださりませって泣かせる台詞が、あっただろ」

男はしゃらっといった。

「おれは、そっちはさっぱり不調法で……」

「とにかく切っていいって、いったんだ」

「気の変わらないうちに、さ、処置室に」

「くそっ、さっさと切りやがれ」

処置室に移動していくふたりの足音が続いた。

二

鶴屋《つるや》南北《なんぼく》作のお染久松……懐かしさが真砂の胸に広がった。

あの台詞は、久松の言葉だ。

恋しいお染に、身代《しんだい》が傾き出した油屋を立て直すために、金持ちの別の男との縁談話にのるしかないと、身を切るような思いで久松がいうのだ。好きでたまらないのに、お染の家のために自分は身を引く、と。

『お染久松 色 読販《うきなのよみうり》』は、真砂が母と、はじめて見た歌舞伎だった。

七役を早替わりしたのは絶世の美貌の女方と云われた五世岩井半四郎で、大詰の「心中翌の噂《しんじゆうあしたうわさ》」でお染と、恋人の久松がすれ違いざまに早替わりしたのにはびっくり仰天だった。

堅物だとばかり思っていた母・伊勢《いせ》が、涙を流しながら見ていたのにも驚いた。

江戸に出てきて、手習い所を開くことにした伊勢が、これまでのように真砂の世話をできなくなるからと思い立って、連れていった先が歌舞伎小屋だったのである。

振り返ると、自分の人生は荒波の連続だったと真砂は思う。

父・羽田《はた》松太郎《まつたろう》は北方の藩に勤める侍だったが、真砂が十歳になった冬、藩は断絶となった。

代々の藩主は蒲柳《ほりゅう》の質で夭折《ようせつ》することが続いていた。

そして最後の藩主も流行《はや》り病であっという間にこの世を去ってしまった。藩主はわずか三歳だったため、養子を迎える手はずを整える間もなかったのだろう。無嗣《むし》断絶《だんぜつ》と相成った。

仕官していた武士は足軽から家老までみな職を失い、ごそっと浪人となった。

江戸《えど》留守《るす》居役《いやく》だった父・松太郎からは、当分故郷には帰れぬという文が届いたきりだった。

わずか一万石の貧乏藩であったので、真砂たちは広い屋敷に住んでいたわけではない。だが、改易《かいえき》となったのと同時に屋敷を返上せざるをえず、母子は追われるように町中の小さな家に引っ越した。

その日を境に、暮らしはがらっと変わった。

女中や下男には暇《ひま》を出した。贅沢ではないけれど、とりたてて不自由もなかった暮らしは、煙のように消えた。

母・伊勢の実家も武家であり、苦心惨憺《さんたん》の状況は変わらない。友人知人もみな自分のことで手いっぱいで、頼れる人はいなかった。

真砂は父親似の男顔で、色白でふっくらとして優しげな顔立ちの伊勢に似れば良かったのにと思っていたのだが、見た目とは異なり、伊勢は物怖《ものお》じしない性分で、思い切りのいいところがあった。

「家が狭いというのも、掃除がすぐに済んで結構なことね」

そういって笑った伊勢の柔らかな表情を真砂は今も覚えている。

失ったものを数えて自分を憐《あわ》れむ女たちも多いのに、伊勢は真砂の前で涙を見せることなく、これまで女中がしていた掃除や洗濯を黙ってこなし、土手から切ってきた野花を飾り、蓄えを崩して、真砂の寺子屋通いを続けさせた。

父は配下の者たちのために江戸で奔走《ほんそう》していた。

「みなの落ち着き先が見つかり、自分の士官がかなったら、必ず、おまえたちを呼び寄せる。それまでは真砂、おまえが母の支えとなるように。辛抱の日が続くが、冬の後には春がくる。長く暗い冬の後には、いっそう明るい春が待っていると思い、今は辛抱しよう。くれぐれも体に気を付けて、励むように」

父から真砂にその文が届いたのは引っ越しして一月後のことだった。

だがさらに数カ月して、松太郎が江戸で倒れ亡くなったという知らせが届いた。

これまでどんなことも乗り越えてきた母が暗い部屋で唇を噛み、肩を落とし、うなだれていた姿を真砂は忘れることができない。

その後、母は、家財や着物を処分して金に換え、真砂とふたりで故郷を後にし、江戸に出てきた。

父が亡くなるまで住んでいた仕舞屋《しもたや》には、いまだ仕官がかなわぬ仲間の武士たちが身を寄せ合って暮らしていた。

どの藩も財政は逼迫《ひっぱく》していて、余計な人材を雇う余裕などない。だが松太郎はわずかな伝手《つて》を頼り訪ね歩いていたという。

みな、松太郎に世話になったと泣いてくれた。

父はすでに近所の寺に埋葬されていた。

小さな石がのせられ、卒塔婆《そとば》が一本立っているだけのつましい墓で、故郷の寺にある羽田家代々の墓とはくらべものにもならない。それまでつきあいもなかった寺の一角に眠っている父が哀れだった。

墓の脇に、父が好きだった萩《はぎ》の花が咲いていた。しだれる枝に赤紫色の小さな花が房となり、重たげに揺れていた。

母と並んで父の墓に手を合わせながら、武士にとって仕える藩がなくなるのは、こういうことなのだと、真砂は思い知らされたような気がした。

父は倒れたとき、自分の命が長くはないと覚悟したのか、母宛に短い遺書のようなものも残していた。

そこには、これまで自分に尽くしてくれたことへの謝意、そして真砂を頼むということが綴《つづ》られ、何かあったら、庄内藩酒井家《しょうないはんさかいけ》に仕官が叶った西条四郎兵衛《さいじょうしろべえ》を頼れと添えられていた。

松太郎は以前から、向学心に燃えた四郎兵衛を気に入っていて、勉学のために江戸にやるようにとりはからったりもしていた。

「羽田様のような方が、不遇のうちに身まかるとは残念でなりませぬ。今、私の身が立っているのはすべて、羽田様のおかげでござる」

酒井家下屋敷の長屋で、四郎兵衛は目に涙を浮かべ、母と真砂に深々と頭を下げた。

二十二歳になった四郎兵衛は、松太郎が結んだ縁で、酒井家の勘定方の平川《ひらかわ》家の入り婿となっていた。

「義父と羽田様は親しくされていて、羽田様はあの男の娘なら悪かろうはずがないと、義父も私のことを羽田様が太鼓判を押すなら間違いないと、養子縁組を進めてくださったのでござる」

相手の娘は庄内にいて、まだ会ったことがないと四郎兵衛は照れたように笑った。

だがまもなく、四郎兵衛は藩主の参勤交代の供として庄内に行くという。そうしたら故郷から親を呼び寄せるつもりだともいった。庄内は、もとの藩よりさらに北方にあった。

四郎兵衛は、ふたりの家探しをすることを請け負ったが、働きたいという母の願いには頭を抱えた。

「御新造様《ごしんぞう》に、町屋の仕事でふさわしいものがあるかどうか……知恵を巡らせてはみますが、なにせ浅学《せんがく》な若輩者なもので……」

四郎兵衛が紹介したのは、世知にたけた差配人《さはいにん》のいる長屋だった。

できるだけ安価で、治安がよく、しっかりした差配人が守る長屋をという母の要望に応えたもので、畳替えなどの費用と三月分の家賃も四郎兵衛が支払ってくれた。

それが八丁堀・川口町《かわぐちちょう》の裏長屋だった。

油障子の戸をあければ、六畳間ひとつだけ。青畳が敷かれているせいで、おんぼろな作りがかえって際立っていた。ただ突き当たりには縁側があり、ヤツデが植えられた小さな庭がついていた。

朝日だけは入るが、あとはろくに陽もささない。隣の声は筒抜けで、どぶくさい臭いがときどき鼻をかすめる。だが、長屋としては上等な部類だった。

四郎兵衛は何度か訪ねてきてくれたが、しばらくして江戸を離れていった。


伊勢は自分の運命をどう思っていたのだろう。

武家の娘として何不自由なく育ち、同じ家格の家に嫁ぎ、舅《しゅうと》と姑《しゅうとめ》を見送り、夫は浪人となって江戸で亡くなった。

そして伊勢は、大切にしていた着物も、先祖代々使っていた瀬戸物や骨董も、簞笥《たんす》や飾り棚、ひな人形、神棚や仏壇まですべて手放し、位牌《いはい》と身の回りのものだけを持ち、娘の手をひいて、見知らぬ江戸に出てきたのだ。

何も故郷を離れなくてもと、親類縁者に止められなかったわけがない。真砂も母に、江戸で父の墓参りをしたらまた帰ってきたいと、泣いてすがった。

「そうはできないの。ここでは私は何もすることができないから。生きていくためには江戸に行くしかないの」

今なら伊勢のいう意味がわかる。父は藩の出世頭として期待されていた。それだけにその御新造さまの伊勢がおいそれと働きに出ることはできなかったのだ。つまり、故郷で真砂とふたり、食べていこうとしたら、伊勢が誰かの後添えになるしか道はなかった。

故郷をあとにすると、きょうだいや親戚、友人とのつきあいも少しずつ途絶えていった。

苦いものが伊勢にこみあげなかったわけがないだろう。

長屋に落ち着いたからといって、真砂たちはのんびりすることなどできなかった。米、味噌、炭、灯り油……日々、持ち金が飛んで行く。手持ちの金がただ減るままでは、いずれたちゆかなくなることがみえていた。

差配人から、手習い所の師匠があとを引き継いでくれる人を探しているという吉報がもたらされたのは、親子が江戸へきて二月が過ぎたころだった。

四郎兵衛は江戸をたつ前に、伊勢に向く仕事があればぜひ紹介してくれと差配人に頼んでくれていたのだ。

手習い所の家も同じ川口町にあり、差配人の持ち家だった。年配の師匠は腰を痛め、座っていることさえ容易ではなく、できるだけ早く引き継ぐ人を見つけ、自分は娘の嫁ぎ先で隠居したいという意向だった。

願ってもないことだと母は二つ返事で引き受け、同じ川口町のその家に引っ越しすることになった。

そして明日、手習い所を始めるという日、母は真砂を歌舞伎に連れていってくれたのだった。

あのころ、森田座はまだ木挽町《こびきちょう》にあった。

暗いうちに起き、真砂は一張羅《いっちょうら》の振袖を着て、髪に簪《かんざし》をさした。伊勢も絹ものに袋帯を合わせ、長めの羽織に、祖母の形見の翡翠《ひすい》の簪をさして、白粉をはたき、唇にうっすら紅をさした。きれいだった。藩があったころ、武家の御新造さまであったころの伊勢が戻ってきたみたいだった。

亀島橋を渡り、中ノ橋を渡り、三十間堀《さんじっけんぼり》をふたりは歩いた。人は次第に増えていき、森田座に着くころには押すな押すなのありさまになった。

実のところ、真砂に話の内容はよくわからなかったが、その華やかさにはすっかり心を奪われた。母はときおり、手巾《しゅきん》で涙をふいていた。

藩が断絶になって以来、これほど夢中になって時をすごしたことはなく、ふたりは後ろ髪をひかれる思いで芝居小屋を出た。

帰り道も、真砂は半ば夢見心地だった。

とっぷり日は暮れていたが、真砂は朝と同じ道を通って帰るとばかり思っていた。だが、伊勢は木挽橋の袂で足を止め、猪牙《ちょき》に乗ろうとした。これには真砂は驚くよりあきれた。

江戸に来て以来、爪に火をともすような暮らしをしていたのに、歌舞伎に行き、猪牙で帰るなんて、こんな贅沢をしようとする母はどうかしてしまったのではないかと、不安になった。

「今日だけはいいのよ」

母は嫣然《えんぜん》と微笑み、舟に乗るようにと真砂を手招きした。

暗いとろりとした川面《かわも》の上を舟は進んだ。両岸の家々の灯りがきれいだった。水面《みなも》にその灯りが映り、ゆれていた。

「旦那様は、真砂と私に江戸の歌舞伎というものを見せてやりたいといってくれていたんです。江戸の夜舟にも乗せてやりたいって」

しばらくして母はつぶやくようにいった。

「父上が」

「ええ。前に江戸から帰ってきた旦那様は、江戸ではじめて見た歌舞伎の話を何度も聞かせてくれたの。わしはあのようにきらびやかなものを見たことがない。おまえも見たら驚くぞ。いつか、朝から晩まで歌舞伎を見せてやりたいって。そして夜舟から見る江戸の町もきれいだともおっしゃっていた。ひとつひとつのほのかな灯りの下に、人の暮らしがあると思うと、灯りが温かく見えるって……。旦那様が御健在で、藩が今でもあったなら、私と真砂が江戸に来ることもなく、本物の江戸の歌舞伎を見るなんてこと、万に一つもなかったのに。……藩もなくなり、あの人も逝ってしまって、それでこうして見ることができたなんて、ちょっと皮肉な気もするけれど……でもね、なんだか今日はそばに旦那様がいるような気がしました。今もそんな気持ちが続いている……」

そういわれると、真砂もそんな気がした。

伊勢はそれで芝居小屋で涙を流していたのだ。伊勢の目にもゆらゆら灯りがゆれていた。

舟から下りると、伊勢はすっきりしたような顔で真砂の手を握った。

「これで踏ん切りがつきました。明日から正念場よ」

「母上、手が震えています」

「武者震いです。男なら褌《ふんどし》を締め直すところです。田舎育ちの武家の女が、江戸の子どもたちをこれから教えていこうっていうんですもの。やんちゃな子も、いうことを聞かない子も、じっと座っていられない子もいるでしょう。でもきっとうまくいく。旦那様が守ってくれる」

それから伊勢は真砂の頭をつるりとなで、以降、自分のことは母上ではなく、町人のようにおっかさまと呼ぶようにといった。

三

それから母の手習い所を手伝う日々が始まった。

五ツ（午前八時）になると子どもたちが通ってくる。

小さい子は六歳、大きな子は十二、三歳。町屋の子もいれば、浪人の子どももいる。女の子も男の子も、すでに小僧として奉公している子もいた。

子どもたちはそれぞれ、昨日自分で片付けた天神机をだして、席につく。

伊勢はその正面に座った。前には唐机だ。

子どもたちの進み具合に応じて、伊勢はひとりひとり辛抱強く指導した。

最初は「いろはにほへと」の七文字だ。書き方と読み方を教えると、子どもは手本を見て何度も書いて覚えていく。

いろはの読み書きを終えたら、次は往来物《おうらいもの》だ。手紙の書き方、江戸の町名、貨幣の仕組み、算盤《そろばん》なども学んでいく。

商家で働く小僧たちは昼四ツ（午前十時）には机を片づけ、店に戻っていった。子どもが家の働き手である場合も多く、午前だけで帰る子も少なくない。午後は琴や三味線の稽古事にいく女児もいた。

昼餉を食べて戻ってきた子たちに、伊勢は算術や礼法を教えた。希望に応じて漢学の素読や、女子には裁縫も。

子どもが三人も集まればふざけあい、喧嘩になることもある。

「礼節を重んじる」

「けんかや口論、いたずらをしない」

「顔の良し悪しをいわない」

「着物の良し悪しをいわない」

「家の暮らし向きのことをいわない」

「無駄口をしない」

「わがままをいわない」

「噂話をしない」

伊勢はこうした張り紙を何枚も壁に貼っていた。

ひと通り、読み書き、算術を終えていた真砂は、毎日、幼い子のそばに座り、退屈して立ち上がる子をなだめて机に戻したり、筆をうまく使えない子に筆の持ち方から運び方、書き順を教えてやったりもした。

きょうだいのいない真砂にとって、かわいい弟や妹ができたようだった。

中でも、七歳のミチは真砂になついて、そばを離れようとしない。小柄な子だったが、しっかりもので、けんかをしている男の子たちにも「静かにして」と臆せずにいう。

男の子に「女のくせに生意気だ」と小突かれても、「席に座って、やることやろうよ」とミチは果敢に反論する。

次第に、ミチは年長の子にも男の子にも一目おかれるようになった。

覚えたいという気持ちも強かったのだろう。ミチは、いろはの読み書きを普通の子より早く終え、漢字の読み書きに難なく進んでいった。

ミチは植木職人の父・辰三と、おなかの大きな母・ツネ、三歳の弟と四人で、裏長屋に暮らしていた。

だが秋のある日、ミチの母の訃報が届いた。

真砂が母と通夜に行くと、長屋の前で近所の女たちが声をひそめながら暗い顔で話していた。

「なんで産婆さんに頼まなかったんだ」

「三人目だからもう慣れたもんだって」

「ったって、お産は何があるかわかんないのに」

「辰三さん、借金で首がまわんないから」

「お産婆さんがいたら、おツネさんだけでも助かったのかも知れないのに」

ミチの母はお産で死んだのだとうかがい知れた。

白い布を顔にかけた母の枕元で、ミチは小さな弟の手を握り、唇を噛みしめながら座っていた。

伊勢は辰三に悔みを述べ、ミチを抱きしめた。

「おミチちゃん、こんな悲しいことが起きるなんて……。でも待ってるからね、手習い所に顔を見せてね」

「おミチちゃん、元気出してね」

真砂の慰めの言葉は、辰三の声に遮《さえぎ》られた。

「おミチはこれから弟の世話と、家のことをやんなきゃなんねえ。手習い所はやめさせてもらいやす」

その途端、今まで気丈にふるまっていたミチの目から涙があふれた。あとからあとから、大粒の涙が零《こぼ》れ落ちる。

「先生、真砂姉ちゃん、お世話になりました」

ミチの涙が板の間にしみを作った。

それっきり、ミチは手習い所には顔を見せなかった。

真砂は気になって、何度かミチの長屋を訪ね、漢字の手本を渡したりもした。だがミチは会うたびに生気を失っていくようだった。

そしてある日、長屋は空き家になっていた。

「弟は親戚にもらわれていった。おミチちゃんは売られていったよ。さぁ、どこに売られたのか。……あんないい子を。辰三は人でなしだ。あのうちはおツネさんでまわっていたようなもんだから。おツネさんが生きていたら、こんなことにはならなかったのに。お産婆さんに診てもらっていたら生きてたかもしんないのに。辰三はおミチちゃんを売った金をもって夜逃げしちまった」

井戸端で女たちは吐き捨てるようにいった。

真砂が十三歳で産婆になりたいといったとき、伊勢は反対しなかった。

「おまえなら、手習い所の師匠もできるだろうけれど、それより産婆になりたいと思ったんだね」

うなずいた真砂の手を、母は握った。

「産婆は人の生き死にに関わる厳しい仕事だよ」

「わかってる」

「なら、がんばりなさい」

伊勢はそれ以上何も聞かなかった。伊勢にも、真砂が産婆を志すきっかけがなんだったか、わかっていたのかもしれない。

このときも、差配人が、隣町の腕がいいと評判の産婆を紹介してくれた。還暦近い、口数の少ない産婆だった。

真砂はその産婆の家に住み込み、朝昼なくお産の現場に立ち会った。それまで大量の血を見たことのない真砂にとって、はじめて見たお産は恐ろしいほど生々しかった。

ここぞというときに師匠は「力を抜いて」「力むのはまだ早い」「これを乗り切れば無事に生まれる」など、的確に指示を繰り出した。

孕《はら》んだ子がちゃんと育つように妊婦の身体の様子をみて、状態を確認すること。

お産が始まれば目を離すことなく、産婦を優しく、ときに厳しく力づけ励まし続けること。

これがうまくいかないときはどうするかということを考えながら、常に覚悟をもってことにあたること。

身体が回復するまで、産後も見守ること。

いつも妊婦の味方であること。

師匠は真砂に産婆の心得をたたき込んだ。

だが、四年がたったとき、師匠は突然、心の臓が止まって倒れ、その日のうちに亡くなった。

師匠の葬儀を終えると、真砂は川口町の伊勢の住む家に戻り、手習い所の看板の隣に、産婆の看板を掲げた。

四

新吉は同じ町の裏長屋に住んでいた大工だった。はじめて真砂が出会ったのは、実家に戻り三カ月近くたった秋の夕方だった。

長屋のおかみさんが産気づいたといって、新吉は家に飛び込んできた。荷物をひったくるようにして自分が背負い、真砂の手をつかんで走った。

てっきり新吉の女房のお産だと思ったのだが、そうではなかった。

おろおろしっぱなしで湯を沸かすことさえろくにできず、長屋の女たちに叱咤激励されている男が亭主で、韋駄天《いだてん》のように走って迎えに来た新吉はどうやら長屋のただの隣人のようだった。

お産が終わると、とっぷり夜も更けていた。赤ん坊が無事に生まれたと大騒ぎしていた女たちも家に戻っていたのに、新吉は真砂を外で待っていた。

「ご苦労さまでござんした。ひとりじゃ物騒だ。送らせてもらいやす」

新吉は提灯に火をいれ、真砂の荷物を黙って担いだ。

「わけえお産婆さんだが、腕はいいと見たぜ」

新吉は家の前で荷物を真砂に渡しながら、ひとことそういって、にっと笑った。おかしな男だった。

それっきりかと思ったら、長屋で立て続けにお産があり、そのたびに新吉が真砂のところに走ってきた。そしてお産が終われば必ず真砂を家まで送ってくれる。

「なんで、いつも新吉さんが呼びに来てくれるの？」

「お産は命がけだから。気がつくと、産婆を迎えに走ってる」

苦笑する横顔が優しかった。

新吉は十二歳で銚子《ちょうし》から出てきて、大工の棟梁《とうりょう》に弟子入りした男だった。一度所帯を持ったが、女房はお産で死んだという。お産がはじまったと聞けば、産婆を迎えにいかずにいられないのは、そのためらしかった。

その年は近くに火が出た上に、颶風《ぐふう》（台風）もやってきたさんざんな年だった。だが、新吉はそのたびに走ってきて、大風で壊れた雨戸も黙って修理してくれた。

ふたりは急速に親しくなり、翌年真砂は新吉と夫婦になった。真砂は十九、新吉は二十七だった。

家の近くの小さな仕舞屋に住み、真砂は二十歳で綾を、二十八歳で絹を産んだ。

新吉は、真砂が産婆仕事を続けることを後押ししてくれる大当たりの亭主だった。

「稼ぎがある産婆が女房で、左うちわじゃねえのか」

やっかみ半分で仲間からからかわれても頓着《とんちゃく》しない。

「あぁ、おいらは果報者だ。おまえのかみさんが産気づいたら、うちのやつをよんでくれ。力になるぜ」

新吉は人当たりが柔らかく、情に厚く、嫌みのない男だった。雇い入れた女中・えいも、子どもも好きで素直ないい娘だった。

これで落ち着いて生きられる。この幸せはずっと続く――。

そう思った瞬間、平安な日々はするりと逃げていくものなのかもしれない。

新吉が普請場の屋根から落ちて頭を打ち、帰らぬ人になったのは、真砂が三十一歳のときだった。綾は十二歳、絹は四歳だった。

真砂母子は新吉と共に暮らした仕舞屋を出て、再び伊勢の家に戻った。伊勢は三人を快く迎え入れ、真砂が夜のお産で出かけるときには綾と絹の隣で眠ってくれた。伊勢は、亭主を早くに亡くした真砂の姿に、かつての自分を重ねていたのかもしれない。

だが、伊勢は半年後に卒中で倒れ、二年して亡くなった。

それからもいろいろな運命が真砂に待ち受けていた。

綾の結婚、結実の誕生、綾の死……。

安政におきた地震では大勢の人が死んだ。娘の綾もそのひとりだった。

子どもはいくつになっても、親の希望であり、未来なのだろう。あのとき、真砂は生きる気力を失いかけた。

腑抜けにならずにすんだのは、産婆仕事があり、綾の忘れがたみの結実がいたからだ。

お産を扱っている時は、綾のことを思わずにいられた。結実に笑顔が戻るようにと、絹とともに寄り添うことで、なんとか正気を保つことができた。

綾の亭主だった正徹の後添いに入ろうと思うと絹がいったときには、結実を育てるために我が身を捧げようとしているのではないかと、絹の気持ちを確かめずにはいられなかった。

女房亡き後、その姉妹と祝言を挙げるのは珍しいことではないものの、明るく開放的な絹にはもっと別の生き方があるのではないかとも思った。

「正徹さんはいい人だし、結実はかわいくて私になついている。それにおっかさまとも、ずっと一緒に暮らせるし。……姉さんも、たぶん、私が入るのを喜んでくれると思うの」

あっけらかんといった絹を真砂は抱きしめ、「幸せにね」と送り出したのだ。

それからもいろいろあった。

絹が産んだ章太郎の足が不自由だとわかったとき、この子はちゃんと育ってくれるだろうかとさすがに真砂も不安になった。

足が悪かったり、目が見えなかったり、言葉が遅かったりという赤ん坊が一定数生まれることを、産婆の真砂は知っている。我が子が五体満足ではないと知ると、邪険にしたり、育てるのをやめてしまう親もいた。

絹も当初はふさぎこんだ。自分に育てられるだろうかと真砂の前で涙をこぼしもした。けれど、章太郎へのいとおしさが日ごとにまさっていき、やがて絹はすべてを受け入れていった。歩く稽古に辛抱強くつきそい、励まし、ときには叱咤し、章太郎がなんでも自分でできるようにと育てた。

絹は心を決めてからは、決して腐ったり、へこんだりしなかった。むやみに章太郎を甘やかしもしない。どこか真砂の母の伊勢に似ていた。

今や章太郎はほがらかで、とんちのきいた少年である。祖母思いの優しさも兼ね備えている。

結実が産婆になるといったときには、ついにきたかと思った。綾が亡くなって以来、結実が産婆を志しているような気がしていたからだ。

真砂自身は産婆になって良かったと思うが、娘たちには寂しい思いもさせたし、ほかの女房のようにそれこそ紅葉狩りや花見、芝居見物といった楽しみは味わえなかった。

娘たちに産婆になれと勧めなかったのは、自分で決めない限り、続けることが難しい覚悟のいる仕事であるからだった。

結実は十四で真砂の元で修業をはじめ、もうひとりの弟子・すずとともに、ひたむきに学び、へこたれずに前に進んできた。

自分の知る限りのことをふたりには伝えたつもりだ。

結実は源太郎と、すずは栄吉と一緒になり、すずにはもう子どもがいる。

たやすい道ではないが、ふたりとも産婆を続けてくれそうなのが、何より嬉しい。

八丁堀には真砂が取り上げた人々がいっぱいだ。二代、三代と取り上げた家も少なくない。

そして伊勢がそうであったように、自分は卒中で不自由な身体になった。

倒れて以来、これからどうやって生きていくのだろうと、真砂はずっと考え続けている。

「もう年なんだから、ゆっくりして過ごせばいいのよ」

「十分働いたんだから。おっかさまと同年輩の人は、みんなとっくに隠居よ」

絹は悪気なく、ばっさりといってくれる。

産婆という生きる柱を失った今、自分はさながら迷子のようだ。働くことしか知らず、先のことを考えずに生きてきたつけが今、まわっている。

いつか、用済みとなり、この世におさらばするまでの日々を生きるときがいやおうなく来ると、わかっていたはずなのに、真に自分のこととしては考えていなかった。

そのとき、源太郎の声が聞こえた。

「これで大丈夫だ。よくがんばったな。膿を出し、きれいにして、傷口は綴《と》じたからあとは心配ない。ただ傷口がふさがるまで風呂はなしだ」

「はぁ〜っ。やっと息ができらぁ。これで、終わりでござんすね」

「いや、糸をはずすまでは毎日、通ってくれ。化膿しないように消毒して軟膏を塗らないと」

「糸をはずすんですかい？」

「ああ。皮膚がくっついたらとる。そうだな、五日後あたりか」

「うへぇ〜。せっかく縫った糸を抜くんですか」

「ちょんちょんと鋏《はさみ》で切って、つまむだけだから心配はいらねえ。縫ったときも我慢できたじゃないか。くりからもんもんだって、ひ〜っと声をもらすのに、うめき声ひとつもらさなかった」

「へ？　やくざもんも？」

「ぎゃあと悲鳴をあげることもあるさ。三太さんはたいしたもんだよ」

ぽんと手を打つ音が響く。

「よし！　先生が証人だ。孫にこの傷を見せて、自慢すらぁ。じいさんは辛抱がつえぇってな」

「お孫さん、五人でしたっけ」

「子どもも孫も真砂先生に取り上げてもらったんだ。下の孫は四つで、やんちゃなくせに、ひざっ小僧をすりむいただけでぴいぴい泣きやがる。じいさんを見習えって言ってやらぁ」

と、また男は節をつけてうなりはじめた。

「背中へ受けたる看板の、疵《きず》がもっけの幸いに、切られ三太と異名を取り〜」

「な、なんですかまた」

「こいつも知らねえってか？　『切られ与三』の名台詞じゃねえか。ほら、面へ受けたる看板の、疵がもっけの幸いに、切られ与三と異名を取り、だよ」

真砂ははっとした。男は、瀬戸物屋『田原屋』の隠居・三太だ。歌舞伎好きの男で子どもは一男三女、五人の孫がいる。

「もの知らずですみません。……あ、調子に乗って酒を飲むのも、ここ二日くらいはやめといてくださいよ」

「なんだい、先生ったら。人の気持ちに水をさすようなことをいって」

源太郎と三太の笑い声に誘われたように、真砂はくすっと笑った。

何でもいい。三太のようでいい。

まわりの人の役に立つことがないか、探してみようと真砂は思った。

五

真砂が歌舞伎に行くというと、絹はこぼれんばかりに目を見開き、ぴょんと飛び上がった。

「ほんとに？」

「なんです？ 飛んだりしてはしたない。三十路《みそじ》過ぎなのに」

「だって、嬉しいんですもの。おっかさま、行かないってかたくなだったから、どうやって翻意をうながそうか、毎晩寝る前に私、作戦をたてていたんです。それがおっかさまから行くっていってくれるなんて」

絹は茶の間を飛び出していくと、手習い所から帰ってきたばかりの章太郎を捕まえて「おばあさま、歌舞伎に行くって」と弾む声で伝えた。

絹は真砂とふたりのときはおっかさま、章太郎や結実の前ではおばあさまと呼び名を使い分けている。

章太郎は息せき切って茶の間に入ってきた。

「やったぁ。おばあさまと一緒に行きたかったんですよ。おっかさまはこの通り、おめでたいところがありますので。芝居小屋で浮かれて何をしでかすかわかりませんから」

こちらのおっかさまは絹だ。

「おめでたい？　私が？　この私が？」

絹は柳眉を逆立てて、章太郎をにらんだ。章太郎はすました顔で、真砂の隣にちょこんと座る。

「おばあさま、演目の『白浪五人男』の名セリフ、ご存じですか」

よいしょと声をかけて章太郎はゆっくり立ち上がり、す〜っと深く息を吸う。ぐっと正面に目をこらし、口を開いた。

「知らざあ言って聞かせやしょう　浜の真砂と五右衛門が　歌に残せし盗人《ぬすっと》の
種は尽きねえ七里ヶ浜　その白浪の夜働き　以前を言やぁ江ノ島で
年季勤めの児ヶ淵《ちごがふち》　百味講で散らす蒔銭《まきせん》を

当てに小皿の一文字《いちもんじ》　百が二百と賽銭の　くすね銭せぇだんだんに
悪事はのぼる上《かみ》の宮《みや》　岩本院で講中の　枕捜しも度重なり
お手長講と札付きに　とうとう島を追い出され　それから若衆の美人局《つつもたせ》
ここやかしこの寺島で　小耳に聞いた祖父《じいさん》の
似ぬ声色《こわいろ》で　小ゆすりかたり　名せぇ由縁《ゆかり》の　弁天小僧菊之助たぁ　俺がことだ」

章太郎はよく通る声でいいきった。真砂は思わず手をうった。

「たまげた。よく知っていること」

「手習い所で一緒の五郎太に、教えてもらったんです」

章太郎は照れくさそうに頭をかく。五郎太は、三太の孫だ。祖父譲りの歌舞伎好きなのかもしれない。

「算術もそのくらいできたらいいのに。覚えなければならないことは覚えないのに、こういうことだけは抜かりないんだから」

すかさず絹がいった。おめでたいの返礼である。

大人に囲まれて育ったせいか、章太郎は妙に大人びた口をきくのだが、算術はいまひとつで、章太郎を医師にしようともくろんでいる絹の悩みの種なのだ。

「宿題がありました。それでは私は」

神妙な顔で章太郎は部屋をあとにした。だが出ていくとき真砂の目を見て、章太郎はにやっと笑ってうなずいた。宿題は方便らしい。

章太郎の笑みには、歌舞伎にいっしょに行くことになってよかったという思いがこもっていると思った途端、はっとした。

「体が不自由だから紅葉狩りに行けない」

「こんな身体では芝居見物などできない」

「みんなと同じように歩けないから外には出ない」

真砂がそんな言葉を口にするたびに、章太郎は悲し気な顔をしていたことに気がついた。

章太郎が意のままにならない足のことを嘆くのを、真砂は聞いたことがない。

足が不自由だからできないともいわない。

自分はそんな章太郎に情けない姿を見せ、つらい思いをさせていたのではないかと、胸を突かれる思いがした。

やりもしないのに、できないと決めつけるのはやめなければ章太郎に申し訳ないと、真砂は思った。

自分を哀れんだりせず、甘やかさずに暮らしていかなければ、祖母として章太郎に合わせる顔がない。

人は生きていれば年をとる。

だが生きている限り、日々は続いていくのだ。

気が付くと真砂は微笑んでいた。

# 第三章　鶴は千年　亀は万年

# 一

冷たい雨がふる朝、蠟燭屋《ろうそくや》・守田屋《もりたや》の家付き娘・静《しず》のお産が始まり、結実とすずは、水谷町《みずたにちょう》にかけつけた。

静は一年半前にも、赤ん坊を産んでいる。

ただし、今の亭主の子どもではなかった。

一人娘ゆえに養子を迎えて店を継ぐはずの静は、二年前、旗本の一人息子と相惚れになって、家を出た。駆け落ちだった。

海賊橋《かいぞくばし》の袂《たもと》で鼻緒が切れて静が転んだ時に、駆け寄って助け起こし、鼻緒をすげかえてくれたのがその男だった。男も八丁堀住まいで、毎日、守田屋の前を通り、湯島《ゆしま》の学問所に通っていた。

それがきっかけとなり、学問所の行き帰りにふたりは目を交わすようになり、手紙のやり取りがはじまり、逢瀬が重なり、離れがたくなった。

だが男が旗本の長男で、女が町人の家付き娘では大団円とはならない。

旗本の跡取り息子が家を捨てて商家に養子に入る話など古今東西あるものではないし、家付き娘も家を手放すことができない。

ふたりが一緒になる唯一の道は、すべてを捨てることだった。

両家は必死にふたりの行方を捜した。岡っ引きにも秘密裏に頼み込んだ。

深川《ふかがわ》の長屋で暮らしていたふたりはほどなくして見つけ出され、引き離され、それぞれの家に連れ戻された。

その後、男は座敷牢に押《お》し込められたとか、嫁を迎えたとかいう噂が流れてきたが真偽のほどはわからない。

静は家から出ることを禁じられていたが、ほどなくして子を孕《はら》んでいることがわかった。

それからというもの、静は家族以外の誰とも会わずに家の奥で暮らし、難産の末に秘かに女の子を産んだ。

取り上げたのは真砂と結実とすずだった。

その子がどうなったのかは、真砂たちも知らない。わかっているのは、親が手をまわして、その日のうちにもらわれていったということだけだ。

出産の後、往診に行くと、静はいつも見るともなしにぼんやりと庭に目をやっていた。心がどこかに行ってしまったかのようだった。

もともと色白だった肌は透き通るほど青ざめ、整った顔立ちに人形のような冷たさがはりつき、静が元に戻るのか、結実は不安を感じたほどだった。

だが、静はまもなくして番頭の三郎と祝言を挙げた。

三郎は静より十五も年上で、真面目一本の男と評判だった。駆け落ちのこともすべて呑み込んで静と一緒になった三郎には、先々代の三郎衛門という名が与えられ、守田屋の次期当主の座が約束された。

祝言を挙げて半年後、静に子が宿り、月満ちてこの日を迎えたのだった。

以前の難産が嘘のように、二刻（四時間）後、静は男の子を産んだ。

「でかした」

喜びで顔をくしゃくしゃにした亭主が静の手をぎゅっと握ると、静は唇をゆるめた。

両親も手をとりあって喜び、恵比須顔で酒樽を開き、奉公人にまで升酒をふるまった。

すずは龍太をタケに預け、毎日、往診に飛び回っている。

朝に二件、昼をはさんで二件、産婦の家をまわる。すずは足早に戻ってきては乳をやり、また飛び出していく。遠くの家のときには、帰りが遅くなるときは、タケに乳を飲ませてもらうこともあった。

「おすずちゃん、これ以上往診を増やすのは無理よ。だからお静さんの往診は私がいくから」

結実はそう伝えると、すずは首を横に振った。

「大丈夫。お静さんも看られるよ。結実ちゃんは夜のお産もあるんだから、私にまかせなよ」

「私もちゃんと往診に行きたいの。産後のお世話の腕をさびつかせるわけにはいかないから。お静さんは私が看るよ。そうしよ」

こうでもいわないと、すずは納得しそうになかった。

「いいの？」

「おすずちゃん、夜も何度か、起きてお乳をやってるんでしょ」

「二、三回かな。龍太も体力がついたみたいで、だいぶ続けて寝てくれるようになったけど」

「早くぐっすり眠れる夜がくるといいね」

「いつ、そうなるんだろうねぇ」

　というわけで、結実が静の往診を担当することになったのだが、静は一向に結実に打ち解けてくれなかった。

　いつも能面のような顔をしていて、ほとんど口を開かず、取り付く島がない。

　その日、結実が静の部屋に行くと、静は赤ん坊を腕に抱き、布団の上にぽつねんと座っていた。

　床の間には、墨痕鮮やかに「恵太《けいた》郎《ろう》　父　三郎衛門　母　静」と書かれた掛け軸がかけられている。

　母の春がお茶を持ってきて、昨夜はお七夜だったといった。

　お七夜は生後七日目のお祝いで、赤ん坊の名前を命名書に書いてお披露目をし、家族や親しい人たちで祝いの膳を囲む。

「恵太郎ちゃんに決まったんですね。立派な命名書ですこと」

「うちの人が張り切って、筆をふるいましたの」

　春がいった。軸装したのは大店の守田屋ならではで、普通の家では奉書紙に書けば上等、半紙に書いたものを鴨居にはりつけるだけの家も多い。

「伸び伸びとしたいい字ですね。玄人顔負けの達筆です」

「うちの人ったら書の師匠を招いて、何度も何度も稽古をしたんです」

孫の誕生を喜び、祖父が筆をふるう。ほほえましい話なのに、静はにこりともしない。

「鯛の塩焼きを結実さんの分も用意してありますので、お帰りにお持ち下さいね」

春は静を気遣うようにうかがい、部屋からしずしずと出て行った。

恵太郎の湯浴《ゆあ》みを終え、産衣に着替えさせようとしたとき、小豆大《あずきだい》のへその緒がぽろっととれた。

「お静さん、おめでとうございます。ほら、へその緒がとれましたよ。とれたあともとってもきれいです」

「……そう」

結実は風呂敷から小さな桐箱をとりだした。

「へその緒は乾かしてから、これに納めましょう。懐紙《かいし》にのせ、桐箱と一緒に床の間においておきますね」

母と子を結ぶへその緒は、その子を守ってくれる大切なものといういい伝えがあった。けれど、静の目にはまるで何も映っていないかのようだ。

「……あの子もこんなんだったのかしら」

しばらくして静は眠っている恵太郎を見つめ、ささやくようにいった。

子を産んでからはじめて、静が心の奥底から気持ちのかけらをそっと取り出したような気がして、結実はどきっとした。

あの子――生まれてすぐ引き離された女の子のことに違いない。

だがそれっきり、静はまた貝のように口を閉じた。

二

赤ん坊が生まれると、どの母親もお乳とおしめかえに追われて、寝る間がなくなる。

生まれてから三月ほどの間は、乳は一刻半（三時間）おきで、夜半も続く。

母親は赤ん坊が寝ている間に短い睡眠をとるか、誰かに赤ん坊をあやしてもらって寝るしかない。

乳が欲しい時とおしめが濡れている時しか泣かない扱いやすい子もいるが、恵太郎はことによく泣く子だった。

抱いてゆらして、やっと寝たと思っても、布団に戻すとまた泣き出す。乳を飲んで目を閉じても、半刻（一時間）もせずにまた泣きはじめる。

静の実母の春は、ときどき部屋に姿を見せる。

「恵太郎は私が見ているから、お静は少し眠りなさい。横になって目をつぶっているだけでも、体の疲れがとれるから」

「私は大丈夫です。私の子ですから」

春は面倒をみたがっているのに、静はひとりで恵太郎の世話をしていた。

最初の子を静から引きはがしたという負い目があるからなのか、春も強いことはいえないようなのだ。

日がたつにつれ、けたたましかった恵太郎の泣き声はかすれ、ぷくんとしていた腹が平たくなり、太ももには皺《しわ》ができた。

生まれてすぐの赤ん坊は乳を飲む量に対し、尿や便で出る水分が多く、目方が一度減るのが普通だが、恵太郎の痩せ方はちょっと気になった。

静は恵太郎にしょっ中乳を吸わせているが、乳は足りていないようだった。

「食事はちゃんと食べてますか？」

「ええ、まあ……」

静はいつものようにすっと目をそらす。決して結実の目を見返さない。きっぱりと静に拒絶されているといやでもわかってしまう。

結実が前の子をとりあげた産婆のひとりだからだろうか。

だが、恵太郎は放っておける状態ではない。

「恵太郎ちゃん、お乳が足りなくて眠れないのかもしれなくて。お静さん、恵太郎ちゃんのためにも、ご飯をもっとしっかり食べてください。できれば豆腐や卵、魚も。お茶や水も飲んでください。喉が渇かなくても。少しずつでいいから」

「わかっております」

抑揚《よくよう》のない声でつぶやき、静は泣いている恵太郎をまたあやしはじめた。


「お静さん、体が戻ってないんじゃない？　恵太郎ちゃんが痩せてきたって、乳が出てないのよ」

帰宅して、静と恵太郎のことを相談すると、すずはきっぱりいい切った。

「それはそうなんだけど」

「結実ちゃん、もらい乳のこと、いわなかったの？　しばらくの間、もらい乳をすれば、恵太郎ちゃんもおなかがいっぱいになって眠ってくれるかも。そうすればお静さんも安心して体を休められるし、お乳もでるようになるじゃない」

座布団に寝かされた龍太は丸い目を見開き、手足をばたつかせている。あやしているのは、真砂だった。

「なんだか……いい出しにくくて」

「結実ちゃんらしくもない」

「なんにも言われたくないって感じなんだもん」

静と相対《あいたい》すると、結実も委縮してしまう。話したところで、聞いてもらえそうにないと思ってしまうからだ。

「結実ちゃんの気持ちもわかるよ。……お静さん、お産の時、ひとことも声をださなかったよね。おめでとうございますっていっても、赤ん坊の顔をきょとんと見て、返事もしなかった。普通は、生まれてきてくれて嬉しいって顔になるのに。あんなにしーんとしたお産、私、初めてだった」

すずの言うとおりで、お産から今に至るまで、静のまわりから音が消えている。唯一、恵太郎の泣き声を別にして。

「ご飯を食べてくれとか、水をいっぱい飲んでって、私も、口を酸っぱくしていってるの。でも返ってくるのは生返事だけ。のれんに腕押し、糠に釘よ。おっかさんの春さんも手伝おうとしてるのに、恵太郎ちゃんを抱かせもしやしないし」

小さくため息をつき、結実は真砂に目をやった。真砂は龍太の頰を指でつんつんとつっついては、龍太がばたばた手足を動かす様子を見て、笑っている。

真砂は歌舞伎に行った翌日は疲れたといって寝込んでいたが、それから元気を取り戻したように、毎日、別宅に顔を出すようになった。

このごろは、龍太や、手伝いのタケの子のさゆりや金太をあやしながら、結実やすずの話の聞き役になってくれている。

「前の子のことがあるからだよね」

すずは低い声でいった。

「たぶん」

「根に持つのも無理ないよ、子どもを取り上げられたんだもの」

「でもだからって、あそこまでかたくなにならなくても……もうどうしていいかわかんない」

真砂は顔をあげた。

「迷ってるんだね、結実。迷ったときには、もとに戻ればいいんですよ」

「もとに戻る？」

結実に真砂がうなずく。

「産婆の役目に。恵太郎ちゃんが元気で育つように、お静さんの体が早く戻るようにするのが産婆の役目です。そしたら自分はどう動けばいいのか、おのずと答えは出るんじゃないかえ」

結実とすずは顔を見合わせた。結実が膝をうつ。

「ふたりでかかればお静さんも話を聞いてくれるかもしれない。おすずちゃん、お手間をかけるけど、明日は一緒にお静さんとこに行ってくれない？　おすずちゃんなら、その場でもらい乳も頼めるし」

「そうこなくっちゃ。お安い御用よ」

真砂は、独り立ちをした結実とすずに求められない限り、口は出さない。けれど、たまに発する言葉は値千金だった。

翌日、結実とすずは連れ立って守田屋を訪ね、静にもらい乳をするように勧めたが、静はまた黙り込んでしまった。

「お乳がすぐに出る人もいればだんだん出るようになる人もいるから、心配はいらないんです。でも、今は足りていないようだから、少しだけお乳をわけてもらったらどうかと……」

「だんだん出るようになるのなら、ほかの人に頼まなくても。私は寝なくても平気ですから」

「お静さんの体が回復すれば、早くお乳が出ます。それには今、休むことも……」

「心配はご無用です」

結実は辛抱強く説得を試みたが、埒があかない。

すずが膝をすすめたのはそのときだった。

「お静さんはよくても、恵太郎ちゃんがかわいそうですよ。足に皺がでるほど痩せてしまって」

「かわいそう？　この子が？　私がつきっきりで世話をしているのに？」

「大切にされているのと、お腹が空いていることは別ですから」

すずはにべもなく言う。

おとなしげでものいいも優しいが、栄吉と一緒になり、龍太の母になったすずはこのごろ、結実にはない貫録を身に付けつつある。そのうえ、すずは結実が舌を巻くほど頑固で、こうと決めたらてこでも動かない。

恵太郎がまたぐずり出した。静が乳をやってから半刻もたっていない。すずは恵太郎の顔をのぞきこんだ。

「お静さん、恵太郎ちゃんにあたしがお乳をあげてもいいですか」

「おすずさんが？」

「あたしにも赤ん坊がいるんです。六月生まれの男の子」

「その子は？」

「うちで、おタケさんって人が見てくれてるの」

結実が言い添え、すずが続ける。

「あたしの子のおなかがすくと、おタケさんが乳を飲ませてくれるの。おタケさんにも子がいるから。そのあたしがお静さんの子に乳を飲ませるって、順送りみたいだけど……」

くすっとすずは笑って、静にぱっと両手をさしだした。静は一瞬ためらったが、すずの勢いに押されたように、恵太郎を渡した。

「おっかさんの乳の味とは違うかもしれないけど、飲んでくれるかな」
二、三度、指で恵太郎の頰をつんつんとして、すずは乳首を含ませた。
恵太郎は下あごを動かして、飲み始めた。一度、口から乳をあふれさせ、むせそうになったが、また無心で飲み続ける。

やがて目をつぶり、口から乳首を離した。ぽんぽんと、すずは恵太郎のお尻を手でそっと打ち続ける。

ぐっすり眠った恵太郎は布団に寝かせても目を覚まさなかった。

「がんばりすぎなんじゃない？　お静さん、前の子の分まで世話をしなきゃって。ただでさえ、生まれたばかりの赤ん坊の世話って大変なのに」

「おすずちゃんもそうだった？」

守田屋を出ると、結実とすずは並んで歩いた。

前はいつもすずとこうして話をしながら、どこにでも行き、ともに帰った。気を許せるすずがいつもそばにいてくれて、修業時代、ずいぶん助けられていたのだと改めて思う。

「そりゃあね。ちっちゃくて、こわれそうで。最初は何をするにも、びくびくどきどきしてた」

帰宅してすぐに龍太を抱こうとする栄吉に、「まず井戸で手をきれいに洗ってきて！」と、金切り声を上げたこともあると、すずはいった。

「おすずちゃんがそんなことを？　栄吉さん、びっくりしてたでしょ」

結婚前、すずはなんでも栄吉を最優先にしていたのだ。

「うん。でも栄吉さんたら、次の日もまた同じことやるのよ。一度いわれたら覚えてくれりゃいいのに。龍太が病になったらどうするのよねぇ」

あくびを噛《か》み殺しながらいったすずを見ながら、人間、変われば変わるものだと思わざるを得ない。

「寝たと思ってもすぐに起きることもあるし、抱っこでゆらゆらしないとぎゃんぎゃん泣くこともあるし。……本当に育てられるかなって不安になる気持ち、あたしもわかるよ」

「栄吉さんは手伝ってくれるの？」

「栄吉さんは命にかかわる仕事をしてるから、夜はよく寝てほしいの。寝不足でうっかり足場から落ちたりしたら大変だもの」

栄吉は町火消の纏持《まといも》ちだ。普段は鳶《とび》をやっていて、いずれにしても高いところに登らなくてはならない。

「じゃ、夜はおすずちゃんだけで、龍太ちゃんの面倒を見てるの？」

「普通、そうでしょ」

またあくびを漏らしたすずの横顔に疲れがにじんでいる。

すずはう～んと伸びをした。

と、結実からもふわぁっとあくびが漏れた。

「あら、結実ちゃんも。ここんとこ、夜のお産、ないのに」

「いつだって私は眠たいの」

「祝言で寝たくらいだもんね」

それはいわれたくなかったと、結実の口がひん曲がった。花嫁の自分がみんなの真ん前で堂々と舟を漕いでいたことは、思い出すたびに胸が痛くなる。

だが結実が眠いのには理由があった。

このところ、毎晩、源太郎は出かけていく。夕飯がすみ、本宅から戻ってくると、「友だちと会うので先に寝ていてくれ」といってそそくさと出ていく。

誰と会うのかと聞いても、「幼なじみで話が尽きない」というだけなのだ。

なんだか気になって、昨晩は床に入ったものの結実は寝付かれずにいた。

木戸が閉まるぎりぎりに帰ってきた源太郎はもそもそと布団にもぐりこみ、すぐに寝息をたてたのだが、ふと酒の匂いがした。

こんなこと、初めてだった。

大地堂に大八車《だいはちぐるま》がゴロゴロと音をたてて入っていくのが見えて、結実とすずはぎょっと顔をこわばらせた。大八車に乗せられてくる患者は重病人と決まっている。

「何かあったのかしら」

「あ、穣之進さまが付き添っておられる」

すずが指さした。

結実にとっては伯父に当たる山村穣之進が大八車に続き、厳しい表情で門の中に消えていく。

あわててふたりは中に入った。

患者が奥の間に運び込まれるところだった。

絹が待合に座っていた患者に頭を下げている。

「お待ちいただいておりましたのに、急患が入ってしまいました。命にかかわる怪我のようで、もしかしたら長くかかるかもしれません」

若い男が立ち上がる。

「あっしは夕方また来らぁ」

続いて数人の患者が去っていく。だが帰ろうとしない患者も多かった。

「穣之進さん、何が起きたんだい？」

待合の奥に座っていた隠居が穣之進の袖《そで》を引いた。この患者は眼病なのか、赤い目をしていた。

「立ち合いをしたいと道場に入ってきた連中が、いきなり、真剣を抜きやがった」

穣之進は苦虫《にがむし》をかみつぶしたような表情でつぶやいた。

「桶町千葉で？」

「ああ」

隠居は唖然《あぜん》とした顔つきになった。

「頭の釘が二本も三本も抜けてんじゃねえのか。桶町千葉といや、腕のたつ門人が数千人っていう、江戸でも指折りの道場なのに。……それで、誰が怪我をしたんだ。門弟か？」

「いや、襲ってきた一味のひとりだ。とっさに峰打ちにしたが、胸の骨が折れたかもしれん」

「まさかたったひとりで乗り込んできたのか」

「五人。あとの四人は逃げやがった。卑怯なやつらだ」

「穣之進さんがしとめたのかい？」

「ああ」

「真剣の相手を峰打ちとは……てえしたもんだ」

「相手が弱えんだよ」

桶町千葉道場は、上士《じょうし》、下士《かし》、農民、商人から女性、子どもにいたるまで門戸《もんこ》を開放している。

入門する者の中には、既に他流の免許皆伝を伝授された者もいる。その多くは定吉《さだきち》、定吉の長男の重太郎《じゅうたろう》、二女のさな子や穣之進などの内弟子と立ち合い、敗北して入門した者たちだ。

奥の間から男の叫び声が聞こえる。

「殺せ、殺せ！」

「肋骨《あばらぼね》が折れてるだけだ。こんなんで死にゃしねえよ」

「晒を巻きますから、おとなしくしていてください。暴れるから痛いんですよ。じっとしていてくれればすぐ終わります」

正徹と源太郎の声を遮るように男が吠える。

「千葉道場の奴らは公儀の敵だ。元鳥取藩の勤皇志士を匿《かくま》い、公儀の転覆をもくろんでおる。千葉重太郎は鳥取藩の剣術指南役だ」

そのとき、「ごめん」といって、同心の坂巻が岡っ引きの三平とともに入ってきた。

穣之進が頭を下げる。

「お騒がせして」

「騒がせてるのはそっちじゃねえ。桶町千葉に切り込むなんて、よほどの半可通《はんかつう》か、食い詰めてやけくそになったヤツかのどっちかだな」

坂巻は顎をなでながら続ける。

「まあ、桶町千葉が、生野《いくの》の変で敗れた勤皇志士をほにゃらしておるらしいという噂は流れておるが」

坂巻は反応を確かめるように、穣之進をにらんだ。

「はぁ。そんな噂がたっているらしいですな」

生野の変は、幕末の文久《ぶんきゅう》三年（一八六三年）十月に但馬国生野において起きた尊皇攘夷派が挙兵した事件だ。

八月に大和国で起きた天誅組《てんちゅうぐみ》の変の直後だということもあり、公儀側は素早く対応し、あっけなく首謀者は壊滅させられたが、生き残りの志士は鳥取藩士たちにより、京や江戸に匿われたといわれる。江戸の潜伏先のひとつが千葉重太郎率いる桶町千葉という噂が流れていた。

治療が終わると、男はまた大八車に乗せられ、坂巻に引っ立てられていった。穣之進も事情を聞かれるのだろう。番屋《ばんや》に向かって出て行く。

気がつくと、穣之進を見送る結実の後ろに、源太郎が立っていた。

「穣之進さんもとんだことに巻き込まれて気の毒に」

「……坂巻さん、桶町千葉に変な噂が立ってるって」

「みたいだな」

「そんなこと、あるわけないじゃないよね。あの人、すぐ取り調べなんて、大丈夫なの？」

「肋骨が二本ばかり折れていた。しばらく安静にしてもらわなきゃならないところだが、縛り付けでもしない限り、ここでおとなしく休んでくれそうにはないし、坂巻さんとしたら一刻も早く逃げた奴等の手がかりを白状させなきゃならないんだろう」

「手当てはうまくいったんでしょ」

「手当てったって、骨を接《つ》ぎ、晒で固定しただけだ」

「殺せとか、物騒なこといってたよね」

「これからヤツには厳しい取り調べが待ってるぜ。白状するまで、痛めつけられるだろう。死んだ方がましだったと思うような。……生きていたくないといわれても、おれらは放っておくわけにはいかないからな」

ふ～っと息を吐くと、源太郎は表情をゆるめ、振り返り、待っていた患者のひとりに声をかけ、診察室に誘った。

待合にいる患者たちは桶町千葉の話で持ちきりだ。

「桶町千葉がそんな連中を匿っているって、ほんとかね」

「そりゃねえだろ。将軍のお膝元の江戸のど真ん中で」

「でも、火のねえところに煙は立たないっていうじゃないか」

「ご隠居。重太郎さんはそんなことなさらないと思いますわよ。清廉潔白なお人柄ですし、ご公儀のあっての江戸ですもの。まったく誰が流した噂やら」

眉《まゆ》をひそめながらひそひそ話していた隠居に、絹が愛嬌たっぷりにいった。

源太郎はその晩も出かけて行った。

三

一度、すずにもらい乳をしたものの、静は相変わらずだった。せっかく訪ねて行ってもここ二日ばかり、結実とすずは、会いたくないと部屋に入る前に帰されてしまう。

そのたびに、母親の春に「申し訳ありませんが明日もまた来ていただけませんか」

と懇願されるのだが、さすがに続けての門前払いは堪えた。

帰り道、すずは盛大にため息を漏らした。

「むなしいって、こういうときに使う言葉だね」

「おすずちゃんもたいがい頑固だけど、お静さんはその上を行くわね」

「なにそれ、負けたみたいでなんか悔しい。でも……私の顔をみるのがいやで、部屋にいれてくれないのかも、って気がしてきた」

「え、なんで？」

すずは肩をすとんと落とした。

「私はお静さんにとっては、お乳みたいなものじゃない。自分の乳が出ないんだから、もらい乳をしろって責められてるように思うのかも。……恵太郎ちゃんにおっぱいを飲ませている時、お静さん、私のこと、怖い目でにらんでいたの。結実ちゃん、気が付かなかった？」

結実は首をひねった。静はいつもきつい顔をしている。

「そんな顔だと思ってた」

「あるよね、結実ちゃんって気が付かないとこが。……お静さん、恵太郎ちゃんが心配じゃないのかしら」

「心配はしてるでしょう。一時も手放さず、ずっと顔をみているんだもの。自分が自分がって、意地を張りすぎなのよ」

「それだけかな。なんかひっかかるんだよね。……ともかく明日はあたし、遠慮したほうがいいかも。結実ちゃんだけなら中に入れてくれるかもしれないもの。そしたら、恵太郎ちゃんが痩せているのか太っているのかだけはわかるだろうし。そうしよう。それに決めた」

すずはそういってうなずいた。結実は口を尖らせた。

「いやだな、ひとりでとぼとぼ帰ることになったら」

「ま、いろいろやってみましょうよ」

家に戻ると、龍太を負ぶったタケが家の前を箒《ほうき》ではいていた。

「おタケさん、ありがとう。龍太、いい子にしてた?」

すずは満面の笑顔になって、タケの背中から龍太を抱き下ろした。タケはおぶいひもをくるくると丸め、懐にいれる。

「いい子にしてたよ。うんちは二回。おっぱいも一回のんで、一刻(二時間)ほど寝たし」

龍太は抱かれながら、すずの顔をじっと見ている。こうして、赤ん坊は自分を大事にしてくれる人を覚えていくのだ。

「さゆりちゃんと金太ちゃんは？」

「金太は本宅で真砂先生に遊んでもらってる。さゆりは寝てるんで、結実さんのお客さんにみてもらってて」

「お客さん？」

「村松屋《むらまつや》のあの人」

タケは口をへの字にして、結実に耳打ちした。中をのぞくと、良枝のお付きの女中が入り口の上がり框《かまち》にかけてお茶をのんでいる。

「良枝さんがいったいなんの用だろ」

下り酒問屋・村松屋の女房の良枝は、結実の幼馴染《おさななじ》みだった。

六歳から十二歳まで同じ手習い所にふたりは通っていたのだが、あまり親しいわけではなかった。

良枝は、結実同様医者の娘で、手習い所には午前中しかこないのに、書き取りも算術も飛び抜けていた。

お師匠さんの目を盗んで子ども同士おしゃべりをしたり、ふざけあいっこをするのも手習い所の楽しみだが、良枝はそういうことには一切関心を示さず、優等生を絵に描いたような、子どもたちにとっては少々煙ったい存在でもあった。

午後は午後で三味線や踊りの稽古に飛び回っていて、手習い所の誰かと仲良くしていたという記憶がない。

だが、結実が実母・綾を失った地震は、良枝の運命も変えた。

良枝は家を失い、手習い所をやめた。医者だった良枝の父は地震で体を傷め、しばらくして亡くなったという。

良枝は母と共に、深川で料理屋をやっていた母の実家に戻ったのだが、安穏とした暮らしが待っていたわけではなかった。

母は女中に交じって料理屋で朝から晩まで働きに働いて稼ぎ、良枝に習い事を続けさせた。いいところにお嫁に出す、お嫁に行く。それがみじめな暮らしから抜け出す唯一の道だと信じて、母娘は生き抜いた。

そして良枝は希望通り、大店の女房に収まった。母は良枝の花嫁姿を見ることなく、亡くなってしまったのだが。

これらはすべて、良枝と結実が妊婦と産婆として再会してわかったことだった。

良枝は、甲斐性《かいしょう》のある男と夫婦になって、贅沢をして暮らしていくことが女の幸せだと信じている。働きながら生きるのはみじめだとまで、結実にもずけずけ言った。あげくのはてに、大金持ちの材木問屋の後妻の口を結実にもってきて、勝手に話を進めようとまでした。

これがとんでもない男で、結実がひとりのときに家に乗り込んできて、あわや手籠《てご》めにされかけたのである。

このときばかりは結実も、良枝との付き合いはこれっきりだと思った。

だが、結実と源太郎の祝言に、良枝は特上の下り酒を三樽も届けて寄越してきて、行き来は細々と続いている。

すずやタケは、良枝を毛嫌いしていた。ふたりを使用人だとあからさまに下に見て、高飛車な態度をとるからだ。

結実もまた、良枝が苦手なことにかわりない。

「あら、お帰りなさい。お邪魔していましたの。今日も、往診?」

座敷で良枝が頭をさげた。膝には三月に生まれた一粒種の大一郎《だいいちろう》を乗せている。

「ええ、まあ」

「冷たい風の中、ご苦労様でございましたこと」

良枝は言葉の端々《はしばし》にちょっとした棘《とげ》のようなものを潜ませる。

結実と良枝ではよしとする生き方が違うのに、なんでわざわざ出かけてきては、嫌味をぶつけるのだろうと結実は不思議でならない。

良枝が、自分の幸せを見せびらかしたいなら、同じような考えの女を相手に自慢したほうがよほどいいに決まっている。

結実は大店の嫁になりたいなどと思ったこともないし、源太郎との暮らしに満足している。いくら嫌味をいわれても、うっとうしいだけで、良枝がうらやましいとは思わない。せいぜい良枝は気楽でいいなと思うくらいなのだ。

「ほんとに、結実ちゃんは働き者ね。祝言を挙げても産婆を続けてるなんて。別に働かなくても暮らせるでしょうに」

良枝は一人娘で、両親も見送った。親戚といえば、良枝母娘をやっかい者扱いした深川の料理屋だけだ。この気性と物言いでは、腹を割って話せる友達もなかなかできないだろう。良枝は良枝で、結実で我慢しているのかもしれないとも思う。

いずれにしても、良枝の言葉にいちいち目くじらをたてていては、つきあえるものもつきあえない。

結実は大一郎の顔をのぞきこみ、ほほを指でちょんちょんと突っついた。

「大一郎ちゃん、大きくなったわね。ぷくぷく太っててかわいらしい」

「おかゆもよく食べてくれるの。おっぱいもいっぱい飲むし。年中、お腹をすかせているのよ。おかげで重くって」

良枝が大一郎を畳におろすと、首をぐいっとあげて、はいはいをしはじめた。

「あらぁ、上手。動けるようになったのね」

「つかまり立ちもするのよ。目が離せなくなっちゃって」

子どもの話をしていれば、良枝の目じりも下がりっぱなしだ。

「今日はまたどうして」

「近くまできたものだから、結実ちゃん、いるかなって、はいどうぞ」

風呂敷から、くるみがどっさり入った籠を取り出し、結実の前に置く。

「まあ、こんなに。大きな立派なくるみねえ」

「ほら、うちは船で西から酒を運んでもらっているでしょ。様々な店や江戸藩邸にも酒をおさめているし。だからあちこちの名産品がしょっちゅう届くの」

「ありがたく頂戴いたします。おっかさまも大喜びだわ。くるみ豆腐に、くるみ餅くるみ柚餅子《ゆべし》にくるみ味噌……張り切って作りそう」

「お母さま、お勝手もやってらっしゃるのよね。偉いわぁ。そうね、明日はくるみ餅を作るように女中にいわなくちゃ」

村松屋では料理は女中の仕事だといわんばかりに良枝は微笑む。

そのとき、部屋を一巡した大一郎が戻ってきて、良枝の膝によじのぼった。

「抱っこする？　大ちゃんは甘えん坊さんね」

大一郎を抱き上げ、優しく微笑む良枝を見て、結実ははっとした。

静が恵太郎の名を呼ぶのを聞いたことがない。

心根がまっすぐとはいいがたい良枝でさえ、大一郎にだけはとびきりの笑顔を見せ、とろけそうな声で名を呼ぶのに。

帰り際、良枝は見送りに出た結実に耳打ちした。

「源太郎さんとはうまくいってるの？」

「お互い忙しくてねぇ。でも、こんなもんじゃないかな、私たちは」

待っていた女中に大一郎を手渡した良枝は、きょろんと目を動かして結実を見た。

「浮気されないようにね」

思わず結実は笑いかけた。

「浮気？　まさか源ちゃんが」

「まさかっていう人がいちばん危ないのよ。結実ちゃんは気が付かないところがあるから」

同じことを、すずにさっき言われたばかりだ。

亭主の源太郎は、正徹の友人で浅草・材木町《ざいもくちょう》で外科医をしている藤原玄哲《げんてつ》の長男で、結実より三歳年上の二十五歳だ。

結実は九歳の時に、源太郎とはじめて会った。正徹が大地堂を開いた祝いに、玄哲が十二歳の源太郎を伴《ともな》ってやってきたのだった。

その日、結実と源太郎はかるた取りをした。これまで子ども相手なら誰にも負けたことのなかった結実がはじめて負けて泣きべそをかくと、源太郎の負けが続いた。源太郎がわざと負けてくれたのだと後になって知った。

次の正月には正徹に連れられて、玄哲の家を訪ねた。凧揚《たこあ》げをしたいという結実を、源太郎は大川端《おおかわばた》に連れて行き、空にぐんぐん凧をのぼらせてくれた。

源太郎は十七歳で正徹の内弟子になったのだが、正徹は一度、源太郎を弟子にするのを断ったという。

「こんな町医者の元で学ぶより、西洋医学所に通えば世の中に認められ、当代一の医者にもなれるぞ」と。

だが源太郎は、自分は町の人に頼りにされる正徹のような医者になりたい、と首を横に振り、大地堂にやってきた。

結実は出会ってからずっと源太郎を頼りにしてきた。人としても、産婆としても、そして女としても。

薬種問屋・緑屋のひとり娘で美人と名高い紗江に、自分と一緒になればすぐにでも医者として看板を上げられると迫られても、源太郎は、あっさり断った。

——ずっとずっと結実を見ていたい。いちばん近くで。

とも言ってくれた。

七月に祝言を挙げて、まだ四月。源太郎が浮気をするなんて、お天道様が西から上ってもありえない。

「ご心配は無用よ。第一、源ちゃんはここと本宅との往復だけだし」

「ふ〜ん。ほんとにそれならいいけど」

思わせぶりに、良枝は鼻を鳴らす。

その瞬間、結実の胸がちくっと痛んだ。そういえば、このごろ、昔の友だちに会いに行くといって、源太郎が夕食後に出かけることが増えている。

「ま、油断せずにお過ごしなさいな」

女中を促して、良枝は帰っていった。

急に源太郎のことが気になり、胸の中がじゃりじゃりいいはじめた。

「何をいってんだか」

後味の悪さを払しょくするように、結実は声にした。

「あ〜、やっと帰った」

部屋に戻ると、タケがせいせいした顔でいいながら湯呑みを片付けていた。

四

その晩も源太郎は夕飯がすむと出かけて行った。

提灯掛横丁《ちょうちんかけよこちょう》の豆腐屋の女房のツエが産気づいたと迎えがきたのはその直後だった。

ツエのお産まではもうちょっとあると思っていた。結実の胸に、不安がふくれ上がる。

「おっかさま、これからお産で、あっちが留守になるので」

「あら、源太郎さんは？」

鍵を預けに本宅にいくと、絹は驚いたような顔になった。

「ちょっとお友だちに会うって出かけてて」

良枝の言葉が結実の胸によみがえった。

――結実ちゃんは気が付かないところがあるから。

――まさかっていう人がいちばん危ないのよ。

「そう。源太郎さんもそんなことがあるのね。わかった。いってらっしゃい。気を付けて」

絹がいつものように明るくいってくれたのが、ありがたかった。

そのとき、真砂が足をひきずって勝手口に姿をあらわした。

「おツエさんかい」

「そうなの」

「ちょっと早いんじゃないかい？」

「ええ。早くても、あと半月はあると思ってたんだけど」

「生まれてきたら、あったかくしておやり。この時期に生まれてくる赤ん坊には、乳とぬくもりが御馳走だから」

真砂は「しっかり」と言い、結実の目を見つめ、うなずいた。

さえざえと月が照る、冷えのきつい夜だった。大地から冷たさが上ってきて、下駄をはく足の指がしびれるほどだ。

ツエは、亭主の良介と舅姑の四人で表長屋に暮らし、豆腐屋「豆蔵」を営んでいる。家族みんなで仕込む豆蔵の豆腐は、味が濃いと評判だった。

ツエもまた檜物町《ひものちょう》の豆腐屋の娘で、朝早くから休みなしで働かなくてはならない豆腐屋とだけは所帯を持たないと、子どものころから決めていたという。だが、盆踊りの晩に良介と出会い、相惚れになり、良介が二十、ツエが十七で祝言を挙げた。

それから一年、はじめての子である。

これまで二度ほど軽い出血があり、そのたびに安静にして過ごし、ようやくここまでこぎつけた。

ツエと出会い、結実は豆腐作りの大変さを知った。

豆腐作りは大豆を水に浸《つ》けることからはじまる。

夏は一晩、冬は一日水を吸わせるのだそうだ。

大豆が水を十分に吸ったら石臼《いしうす》に入れ、ひき手を反時計回り方向に回転させながらすりつぶす。

すりつぶした大豆に水をくわえて鍋底が焦げないようへらでかきまぜながら煮立たせる。熱いうちにさらしの布袋にいれて絞り、豆乳とおからに分ける。

そして豆乳の温度が下がったら、にがりをいれてかきまぜ、固まってきたらザルに布をしいて、流しこみ、さらに重しをのせて水分を抜いていく。

完全に固まったら水にさらして、ようやく豆腐が出来上がりだ。

豆蔵では油揚げやがんもどき、おからの卯の花煮も売っていて、一日中、猫の手も借りたいような忙しさだった。

ツエには腰を冷やさないように、水を使う作業や重いものを持つことは避けるようにと、結実は繰り返し伝えていたが、あまり効き目はなく、出血がおさまり、しばらくすると、前掛けをしてツエも店に出続けた。

「おじゃましますよ」

結実が戸をくぐると、翌朝用にと、大豆が仕込まれた大きな樽がどんと置かれていた。

かまどにかけられた大鍋からは湯気が上がっている。薪《まき》をくべていた姑が立ち上がり、「よろしくお願いします」と頭を下げた。

だがツエが寝かされている北側の部屋は火鉢もなく、指がかじかみそうに寒かった。

部屋に油紙をしき、天井から力綱をたらし、ツエを重ねた布団にもたれかからせると、結実は良介に声をかけた。

「これにお湯をいれてもらえますか」

良介は結実が差し出した筒形の陶製の器を見て、首をかしげた。

「湯たんぽです。体を温める……」

湯たんぽはこれまで青銅製のものが主流で、値も高価だったが、近ごろになって陶製のものが出回るようになり、なんとか庶民にも手が届くようになった。といってもまだ、どこの家にもあるものではない。

お産は不浄のものとされ、北側の部屋や物置のような板の間、納戸など、家の中でもっとも寒い場所に妊婦がおしやられることも少なくない。

結実は陶製の湯たんぽが出回るや大枚《たいまい》をはたいて、冬のお産に持参している。

良介からお湯をいれた湯たんぽを受け取ると、結実は木製の栓《せん》をしっかりしめ、布でくるんでツエの足元においた。

「何これ！　あったかい～」

ツエの顔に赤みが兆《きざ》した。

「湯たんぽっていうの。中にお湯をいれているのよ。栓はしているけど、ひっくり返すとお湯がもれて火傷《やけど》するから、気をつけてね」

「あぁ、血が足に戻ってくるみたい……ねえ、先生。お産にはちょっと早いのかな。でも赤ん坊は元気に生まれてくるよね。ちゃんと熟れて出てくるよね」

不安のせいか、ツエは早口になっていた。

「きっと大丈夫。がんばろう」

母親の胎内にいる期間が長いほど、赤ん坊は無事に生まれてくる。体が未熟なのに早く生まれてしまえば、残念ながら生きることはできない。

結実は、良介に声をかけ、赤ん坊用のおむつやおくるみをいつでも使えるように温めておいてくれとも頼んだ。

二刻ばかりして、陣痛の間隔が短くなった。初産にしては順調な進み具合だ。

ここからが痛みとの戦いだった。

「私に合わせて。はい、吸って吐いて、吸って吐いて」

陣痛の痛みを浅い呼吸で逃がしつつ、結実とツエはそのときを待った。

さらに半刻がたち、赤ん坊が通れるほど裾が開くと、大きな陣痛の波がきた。結実はツエに、力綱《ちからづな》を握らせる。

「さあ、いきんでいいですよ。はいっ！……さあもう一度。……おツエさん、上手。その調子よ。はい、今よ」

頭が見えた。結実の胸が鳴りだした。いよいよ出てくる。子どもが無事であってくれと祈った。

「もう一回、がんばろう。はいっ」

ツエのいきむ声が聞こえ、差し出した結実の両手に赤ん坊がずるっと落ちてきた。

やはり小さい。

ここで赤ん坊が泣いてくれるかが生と死の分かれ道となる。

——泣いて。泣くのよ。みんなが待ってるんだから。

結実は奥歯を噛みしめた。

そのときだった。

赤ん坊は四肢をふるわせ、顔も体も真っ赤にして、ンギャアッと泣いた。

ツエの目がぱっと開く。

「泣いたっ！」

「おツエさん、おめでとう。元気な男の子ですよ。ちゃんと熟れて出てきてくれましたよ」

産湯を使わせ、あたためておいた布で赤ん坊をくるみ、ツエに抱かせた。

「よく生まれてきてくれたねぇ。やっと会えたね。あたしがおまえのおっかさんだ」

ツエは涙声でいった。いきんだときに細い血管が切れたのか、顔に黒い斑点ができている。

「おいらがおとっつぁんだ」

「あたしが婆《ばば》で、こっちが爺《じじ》」

家族が産室になだれこみ、大騒ぎになりかけたが、また外に出てもらう。

子を産んだ後に、後産《あとざん》がある。後産は、赤ん坊を育てるために使った子袋の中のものを出すもので、陣痛のような痛みを伴う。子袋をすっかりきれいにしないと、命にも関わった。

後産をすませると、ツエは赤ん坊をいとおしげに見つめて、結実に小さい声でたずねた。

「この子、ちょっと小さい?」

「これから乳をたくさん飲んでくれれば、きっと大きく育ちますよ」

ツエは目に涙をためてこくんとうなずいた。

すべての始末を終えると、時刻は八ツ半(午前三時)を過ぎていた。

良介は結実に頭をさげ礼をいうと、これから豆腐の仕込みだといった。

「こんなに早くから働いているんですか」

「豆腐屋だから。朝餉にうちの出来たての豆腐がなくちゃはじまらねえといってくれるお客さんがいっぱいいるんでさぁ。へっちゃらですよ。あっしもてて親になったんだ。一晩寝ないで働くくらい、なんでもねえ。結実さん、うまい豆腐を作って、あとからお届けいたしやす」

はずんだ声で良介はいった。

「良介、すまないが針に糸を通しておくれ」

姑の声がした。

「まだ暗いのに、おっかあ、何を酔狂《すいきょう》に縫い物なんかするんだよ。明るくなってからやりゃあいいじゃないか」

「そうはいかない。うちの子の産衣《うぶぎ》に背守りを縫い付けてやらないと」

「なんだい、そりゃ」

「これだから男ってのは……とにかく糸を通しておくれ」

姑は針と糸を良介の前にぐいとつきだす。良介は針に藍色の糸を通して姑に返した。

古くから、人の魂は背中に宿っていて、着物の背にある縫い目が「目」の役割を担い、忍び寄る魔から身を守ってくれるといわれていた。

大人の着物は背中の中心で二枚の布をあわせるため、自然に縫い目ができる。けれど、子どもの着物は背中に縫い目のない一つ身であるため、背縫いの代わりに背中に「背守り」とよばれる刺繍《ししゅう》を施してやるのだ。

「こんなときに慌てて。前もってやっときゃよかったじゃねえか」

そのとき、ツエの声がした。

「おまえさん。背守りは、赤ん坊が生まれてから、その子を守ってくれと一針一針、心をこめて縫うものなんですよ。おっかさん、恩にきます」

「なんの。初孫の産衣の背守りを縫えるなんて嬉しいことだよ」

姑は吉祥文様の「亀」をあっという間に縫い付けた。縫い糸は玉結びで止めずに、切り残す。糸を止めないのには、もし悪いものに糸を引っ張られても、糸だけ抜け、赤ん坊は連れ去られずにすむという意味がこめられている。

「さあできた。赤子に着せようね」

姑はニッコリ笑い、それから良介にいった。

「おまえの産衣にも、ばあさんが亀の背守りを縫ってくれたんだよ。鶴は千年、亀は万年ていうだろ。忘れたかね」

「生まれたばかりで覚えてるかいっ」

「そりゃそうだ。でもきっと背守りが守ってくれなさったんだ。あのときの赤子がおとっつぁんだもの」

「……おっかさん、ありがとよ。ばあさんにも手を合わせなきゃな」

ツエの一家は、赤ん坊を迎え、喜びにあふれている。ふと静のことを結実は思わずにはいられなかった。

家に戻ると、結実は源太郎の寝床にもぐりこみ、冷えきった足を源太郎の足にくっつけた。芯から冷えていた足元が、源太郎のぬくもりで温まっていく。

源太郎はうっすらと目を開き、結実を見た。

「おっ、帰ってきたのか」

「ごめん、起こしちゃったね」

「無事に生まれたんだな」

「わかる？」

「わかるよ。結実のその顔を見りゃ。ご苦労さん」

源太郎は両手をまわして結実の体を抱きしめる。

「あったか〜い」

結実は源太郎にしがみついた。源太郎がどこにいったのか確かめることをすっかり忘れ、眠りの底に落ちていった。

# 第四章　願い針

一

龍太、さゆり、金太。赤ん坊がそろってやって来るようになって、ひとつだけ結実が心底辛いと感じることがある。朝寝ができなくなったことだ。雨戸を閉め、唐紙もぴちっと閉めていても、三人の赤ん坊がいっせいに泣きはじめれば真夏のアブラゼミどころではない。

「だめだ。寝てらんない」

ついに結実は布団を蹴飛ばして跳ね起きた。

時刻は五ツ（午前八時）。お天道様はすでに高く上がっている。

タケとすずは毎朝、子連れで六ツ半（午前七時）にはやってくる。

ぎゃんぎゃん泣く赤ん坊の声にもめげず、頭から布団をかぶり、よくぞ半刻（一時間）も耐えていたと結実は自分をほめたい気分だが、眠り足りないのは明らかで、今もまぶたがくっつきそうだ。

のそのそと着替えて結実が部屋から出ると、茶の間で帳面を開いていたすずが顔を上げた。

「おはよう。寝てらんなかった？　ごめんね」

「ううん。大丈夫」

「おツエさん、男の子だってね」

「あれ？　なんで知ってるの？」

「さっき、ご亭主の良介さんが出来たての豆腐とがんもどきと厚揚げを届けてくれたの。おかげさまで無事に生まれやしたって、喜んでたわ。おツエさんの実家のご両親も朝から駆けつけて、赤ん坊を囲んで大騒ぎですって。いただき物の豆腐は早速、源太郎さんたちの朝ご飯になったようよ」

すずの両脇の座布団には、それぞれさゆりと龍太が寝転んでいた。

結実が寝ているときは泣いていたのに、今は機嫌良く手足を動かしているのが恨めしい。

「いくら結実さんでも、ここじゃ、おちおち寝てもいられないよ。結実さん、朝飯を食べたら、向こうで少し休んできなさったら？」

勝手からタケの声が聞こえた。ふりむくと、金太をおぶったタケがかまどにかけた大釜で、晒《さら》し木綿《もめん》や結実の白い上っ張りと前掛けをぐつぐつ煮込んでいる。お産に使うものは、汚れを落とした後、煮沸する。これが大仕事だ。

以前は、洗濯も結実とすずの仕事だった。

それにしてもタケが口にした「いくら結実さんでも」には、ため息がでた。祝言のときの居眠りは尾を引き、いつどこででも眠る女だと思われている。もう、いい返す気にもなれない。

「そうさせてもらおうかな」

結実は素直にそういうと、とりあえず顔だけは洗い、本宅に向かった。

庭の物干しには、すでに赤ん坊のおしめがひらひらと風に泳いでいる。

絹は結実が茶の間に入ってくると、いそいそとお膳をだしてきた。

「よかったわねぇ。おツエさん、安産で。良介さん、朝早くに届けて下さったの。美《お》味《い》しいのよ。豆腐の味噌汁を章太郎は三杯ぺろっと。源太郎さんなんか、味噌汁三杯、ご飯も三杯おかわりして」

「食べ過ぎじゃない？」

「いっぱい食べる子はかわいいものよ」

「二十五歳の源ちゃんでも？」

「そう。結実もしっかりお食べなさい。結実の好きな厚揚げもあるわよ。ごゆっくり」

絹はそそくさと大地堂の手伝いに戻っていく。

結実は厚揚げに目がない。

刻み葱《ねぎ》がたっぷりかかった厚揚げに生姜《しょうが》醬油をかけ、口に運ぶと、思わず笑顔になった。かりっとした外の皮の歯ごたえの良さのあとに、もっちりとした豆腐の味わいが口中いっぱいに広がる。

「お茶をご相伴《しょうばん》しようかね」

真砂が湯呑みを持って茶の間に入ってきた。

真砂とふたりになると、自然にツエのお産の話になった。

「小さめだったけれど、ちゃんと泣いてくれて、ほっとした」

「ちょっとばかり早かったからねぇ。……おツエさんの子はしばらく気をつけてみてあげなさい。見てわかるほど小さいなら、乳を飲む力が弱いかもしれないし、飲んでもなかなか太れないかもしれない」

消化する力が弱ければ育ちにくい。身体の弱い子は、風邪などであっけなく命をとられたりもする。

「部屋をあったかくするようには伝えてあるけど」

「もしかしたら、何かさわりがあるかもしれないしね」

「さわり？」

「手足がちゃんと動くか、目は見えるか、耳は聞こえるか、往診のときに注意を払って。万が一ってことがあるから」

結実は箸《はし》を置き、うなずいた。そういう子がたまに生まれることがある。

「それにしても、子どもを産み、育てるって、ほんとに大変だね」

「何十人も取り上げてきた産婆が何を藪《やぶ》から棒に」

真砂は苦笑した。

「龍太ちゃんやさゆりちゃん、金太ちゃんがうちに来るようになって、赤ん坊はこんなにも手がかかるんだって教えてもらってる気がする」

真砂はふうっと笑った。

「赤ん坊はよく泣くだろう。お腹がすいて泣くのは、乳がほしいから。おしめが濡《ぬ》れているときに泣くのは気持ちが悪いから。でも、なにも理由がないように見えるのに泣き止まなかったりもする。あれはどうしてだと結実は思う？」

「なぜだろう……泣いているとき、身体に力が入るよね。いずれ、はいはいしたり歩いたりできるように、体を慣らしているのかも？　泣かれている親はたまらないだろうけど」

「結実がいうようなこともあるだろうね。そんなときは少し泣かせたままにしておくと、気が済んで眠ったりする。寝るときは必ず、うわ～っと泣く子もいる。ころんと眠るための景気づけみたいに」

「眠るのが怖いのかしら」

「さあどうだろ。まだ遊びたいのに眠たくなって泣く子もいれば、眠りたいのになかなか眠れなくて泣くこともあるだろうよ」

　そこで真砂はひと息つくと、また続けた。

「私はほかにももうふたつばかり理由があるような気がするんだ。赤ん坊はずっとおっかさんの腹の中にいただろう。突然、勝手が違うこの世に出てきて、はじめてのことばかりで、怖かったり不安だったりするんじゃないかって」

「それで泣く？」

「ああ。お腹の中じゃ、息を吸ったり、乳を飲んだりしなかっただろ。陽の光だって見たことがない。聞いていた音だって、おっかさんの腹の水を通したものばかりだ。かいだことのない匂いもいっぱいある。冬の空気は冷たいし、布団の感触だって、赤ん坊が知っていたはずがない。もうひとつは……おっかさんもはじめての子育てはこれでいいのかと不安でいっぱいだったりするだろう。十月十日おっかさんの腹の中で暮らしてきた赤ん坊は、おっかさんの気鬱を我がことのように察して、泣いていることだってあるような気がするんだ」

「おっかさんの気鬱が赤ん坊に……」

「赤ん坊がよく泣くからと、母親が不安になると、ますます泣きやまなくなったりするだろ。……でも産婆は決して母親を責めてはいけないよ。しっかりしろとか、立派な母親になれとか、偉そうにいってはいけない。不安になるのは、赤ん坊のためにいいおっかさんになろうとしているからなんだから。産婦を励まして元気にするのも、産婆の仕事だからね」

結実は、静のことを切り出した。真砂は前の子とすぐに引き離された静を気遣っていた。

「お静さん、自分ひとりだけで世話をしている。それなのに、恵太郎ちゃんの名前を呼んだのを聞いたことがないんだ」

真砂は頰に手をあて、小さく息を吐いた。

「今度こそは人に渡さず、自分が育てると、お静さんは決心しているんだろうよ」

「お静さん、家付き娘でしょ。実のおっかさんが手伝うっていってるのに、それもはねつけていて……頼めることは頼んだらいいのに」

「両親は、産んだその日に、前の子を引き離したわけだからねえ。赤ん坊を親が捨てたと恨んでいるのかも……」

当分の間、静の身体をほぐすことに結実は専念したらどうかと、真砂はいった。

「気持ちがこわばって、頑《かたく》なになっているときは、脇からやいのやいのといっても逆効果だ。身体をほぐすと、気持ちも柔らかくなる。……子どもがこの世に出てきて数日なら、母親も母親になって数日。お静さんの気持ちがそうしてゆっくり変わってくれるのを待つしかないね」

真砂はどっこいしょと立ち上がった。

「歩く稽古をしたら、金太とまた遊ぼうかね。金太が私になつきはじめたんだよ。私の顔をみてよく笑うんだ。絹と綾を育てているときは、産婆仕事が忙しくて、人にまかせっぱなしだったけれど、やっぱり子どもってのはかわいいねぇ。なつかれると嬉しいもんだ」

真砂は微笑みながら、柱にしがみついた。

「結実は、私の部屋で少し休みなさい。目の下が黒ずんでいるよ。寝られるときに寝ておかないと。お静さんのところにいくのは、午後でいいんだろ」

「そうさせてもらおうかな。もう眠くて」

「私の布団をお使い」

真砂は壁や唐紙にすがるようにして、茶の間を出ていった。

結実は真砂の部屋にいくと、布団をしいてもぐりこみ、深く息を吸いこんだ。真砂の布団は懐かしい匂いがした。

二

昼までぐっすり眠った結実は、静の往診に向かった。

風の強い日だった。

冬に入ると、江戸はこんな日が増えてくる。冷たい風が路上の砂や埃《ほこり》を舞いあげ、通り過ぎる人の足元を白く染めるのだ。

埃が入ったのか目元を押さえている人もいる。髪をおおう手ぬぐいの端で目を守るようにして歩く女や娘もいる。

江戸ではこの時季、涙目、流行目《はやりめ》、かすみ目、そこひなど、病目《やまいめ》で苦しむ人が多かった。

眼病は紅絹《もみ》の布《きれ》で目を擦ると治るといわれ、扱っていない小間物屋はないほど人気がある。だが、そんなことをしても実際は、悪くならないまでもなかなかよくはなってくれない。

ハマグリの貝殻にはいった軟膏《なんこう》も売られており、少量の水で溶いたものに糸を浸して、垂れてくるものを目に入れるのだが、こちらも即効性はなかった。

外科を得意とする大地堂にも、冬は目病みを訴える患者がやってくる。だが特効薬はなかった。

目にゴミがはいらないように結実はうつむきながら、水谷町の守田屋に向かった。

この日、静はしぶしぶではあったが、結実を部屋に入れた。

恵太郎を湯浴《ゆあ》みさせた結実は、静に明るくいった。

「おへそも乾いていて、順調ですよ」

静は黙ってうなずく。

ただ恵太郎が痩せているのは相変わらずで、ふえふえとたよりない声で泣いている。

結実が抱きながらトントンとお尻で拍子をとると、恵太郎は目を閉じた。

湯浴みして疲れたのだろう。布団に戻してからもすうすうと寝息をたてている。

「今日は少し身体をほぐしましょうか。疲れがとれますから」

そういって、結実は静の足から揉《も》みはじめた。

親指、人差し指、中指、薬指、小指、……足首をまわし、心身の高ぶりを抑えるといわれる「大敦《だいとん》」（足の親指の爪の生え際で人差し指側）を押さえた。

それから手に移る。足と同様、指を一本一本もんで、手の平全体をさすり、万能のツボ「合谷《ごうこく》」（手の親指と人差し指の間）、と不安を和らげる効果のあるツボ「内関《ないかん》」（手首のしわから指三本分肘側のところ）をゆっくり押す。

手首を回すと、静は痛いといって眉をひそめた。恵太郎を長時間抱っこしているためか、手首に炎症が起きているようだ。

次回来るときには炎症を和らげる膏薬《こうやく》を持ってこようと結実は思った。手首を使うなといっても、母親は赤ん坊を抱かないわけにはいかない。膏薬を貼れば多少なりとも、ひどくなるのを防げる。

首、背中、そして乳を揉み終えると、静の顔色が少し明るくなった。

そのとき、亭主の三郎衛門が部屋に入ってきた。

温厚な顔をしている男だった。静より十五も上だが、生え際に少し白いものがあり、もうちょっと老けて見える。

いくら主の娘といっても、人形のように心を閉ざした静と共に暮らすのは、心労が絶えないのかもしれない。

三郎衛門は結実に会釈すると、眠っている恵太郎を愛《いと》おしげにのぞきこんだ。それから静の枕元に座った。

「気分はどうだ？」

「ええ、まあ」

静は低い声でけだるそうにこたえる。

「今日は寒さがきつい。風邪をひかないようにあったかくして過ごしなさい。昼はほとんど食べなかったそうじゃないか。あとからおまえの好きな汁粉を運ばせよう」

「……」

「おまえは恵太郎の母親だ。恵太郎のためにも少しでもいいから口にしておくれ。母親なんだから、がんばっておくれ」

いい方も丁寧で心がこもっているように、結実には思えた。

三郎衛門は、商売熱心で、奉公人にも慕われているそうで、さすが静の父親が見込んだ男だという評判を、結実も耳にしている。

だが、三郎衛門が部屋を出ていくなり、静は唇を嚙んだ。

「産むんじゃなかった……」

静はひとり言のようにつぶやき、声を殺して泣きはじめた。

「母親なんだからって、そんなこと、誰より私がわかってる。これ以上、どうがんばったらいいの？」

慰めようと結実が背中をさすろうとしても、静は「構わないで」とその手を振り払う。気まずい沈黙が続いた。

だが、泣いている静をそのままにして帰るわけにはいかなかった。静の心のざわめきをほんの少しでも軽くしなければおいてはいけない。

結実は不意に真砂の言葉を思い出した。

――迷ったときには、もとに戻ればいい。

――恵太郎ちゃんが元気で育つように、お静さんの体が早く戻るようにするのが産婆の役目です。そしたら自分はどう動けばいいのか、おのずと答えはでる。

「眠れていますか？」

結実は静の肩にもういちど手をおいて、たずねた。

ううんと静が首を振った。

「眠ってもすぐに起きちまう。あの子が眠らないから」

「じゃあ、夜中、ずっと抱いてあやしているの？」

「ええ」

「おっぱいをあげるときは座って？」

「……そういうもんでしょう」

「それじゃ、身体が休まるときがないですよね。添い乳を試してみませんか」

「添い乳？」

母親が寝転んだまま乳をやるのが添い乳だ。

姿勢をよくして赤ん坊を支えて授乳するやり方とは異なり、添い乳では母親が赤ん坊を抱きかかえる必要がない。

そう伝えると、静は驚いたような顔で、結実の目を見た。

「そんなこと、できるの？」

静は夜中も春の手伝いを拒《こば》んでいるのだろう。

子育てを経験した春なら、自分がしたかどうかはさておき、添い乳のやり方を知っているはずだからだ。あるいは春がすすめたとしても、静は右から左に流し、耳に入れなかったのかもしれない。

静はいつだって自分のまわりに高い塀をめぐらせている。

「ちょっと、やってみましょうか」

静は驚くほど素直にうなずいた。

誰のいうことも聞かないと決めているように見えていたが、そうもいっていられなくなったのかもしれない。

恵太郎が目を覚まし、ぐずり出した。

静の気持ちが変わらないうちに、さっさと話を進めようと、結実は身をのりだす。

「恵太郎ちゃんと、向かいあって横向きに寝てみてください。それから……身体の下側の乳首と恵太郎ちゃんの口の位置を合わせ、恵太郎ちゃんの身体が心持ち上向きになるように自分の身体に引き寄せて」

静は慎重に恵太郎を横抱きにする格好になり、次はどうするのかと、目で結実をたずねる。

「上の手で、下の乳首を恵太郎ちゃんにふくませてみて。はずれやすいのでしっかり深く乳首をくわえさせて」

恵太郎は頭をちょっと後ろに反らせて、ぱくっとくわえる。

「上手よ、恵太郎ちゃん。あごをちゃんと動かしはじめた。添い乳をいやがる赤ん坊もいるのに、一度目からしっかり飲んでる。偉いね、恵太郎ちゃん」

だがしばらくして恵太郎は乳首をくわえながら泣きはじめた。乳が出なくなったのだ。

静はがっかりしたように眉を寄せたが、結実はかまわずに次を促《うなが》す。

「今度は上のおっぱいをそのまま飲ませて。お静さんの身体の向きをちょっと変えるとやりやすいはず」

恵太郎は涙を目にくっつけながら、また乳首をふくみ飲んだ。やがて恵太郎は口の動きをとめ、目を閉じた。

「お腹がくちくなったのかな、また寝ちゃったね。……乳首を長くくわえさせておくと、痛んでしまいやすいので、そっと口からはずして」

「それから？」

「もし、乳を飲んだ後のげっぷが激しいようだったら抱き上げて背中をとんとんしたほうがいいけど」

「そんなこともあんまり」

「だったら、そのままで大丈夫」

「このまま寝かせていいの？」

「ええ。ただ、ひとつだけ気をつけてほしいことがあるの。乳をやりながら眠らないこと。「おっぱいが恵太郎ちゃんの口や鼻を塞いでしまったら息ができなくなってしまうから、それだけはくれぐれも気をつけてね」

添い乳をするときに、座布団などで静の頭を支えると首や肩に負担がかからないことや、重ねた足の間にも座布団をはさむと身体が安定することなども、結実は実演して静に伝えた。

くうくうと眠る恵太郎を静は安心したように見つめている。

添い乳ができるようになれば、抱っこで腫れ上がってしまった手首の痛みも和らぐかも知れない。

けれど静はこの日も、恵太郎に笑顔を見せず、その名を呼ばなかった。

三

数日後、桶町千葉で真剣を抜いた男が獄死したという連絡がきた。

どんな拷問にあっても、自分の出自も仲間のことも口にせずに果てたと、同心の坂巻がわざわざ大地堂を訪ねてきていった。

男は白状しなかったが、身元の当たりはついたという。

浪人がひとり本所《ほんじょ》の長屋から姿を消したという差配人からの訴えがあり、人相などを確かめると、どうやらその男らしいということになった。

名は鳥羽《とば》邦太朗《くにたろう》。どこやらの脱藩浪人という触れ込みだったが、その藩に問い合わせると、藩とはもはや関係がないとけんもほろろにあしらわれたらしい。

逃げた残りの四人も、おそらく同じ藩の脱藩浪人だろうと探索が進められているという。

だが、そのことを伝えるためだけに坂巻がわざわざ大地堂まで出張ってくるはずはなかった。それだけなら岡っ引きの三平で事足りる。

坂巻は「ちょっといいか」というなり、つかつかと奥の部屋に入っていき、戸惑ったように追いかけてきた正徹と源太郎に向き直った。

「今も公儀は桶町千葉を疑ってるぜ」

坂巻はいいにくそうに低い声でいった。次いで桶町千葉が不逞《ふてい》浪人を匿《かくま》っていたのは事実のようだと続ける。

「桶町千葉が志士の巣窟《そうくつ》だといわれて久しい。すでに昨年、公儀は鳥取藩邸に『注意の箇』を届けている。重太郎は鳥取藩の剣術指南役だからな。それで鳥取藩邸も重太郎に『黄紙の御用書』を以《もっ》て不逞の徒を養うべからずと通達を出した」

「そのことは、兄からこそっと聞いてましたが……」

正徹はあごを引いた。

「形ばかりの手続きだと思っていただろ」

「はあ」

正徹がうなずく。

「そこまではな。しかし、風向きが変わった。不逞浪士の問題は今や、老中会議の議題となっておる。桶町千葉の名も再度あがっていると聞く。穣之進さんには、気をつけるようにいっておいたほうがいい」

口調だけは世間話のようにさらりとしたものだったが、坂巻は強い目をしていた。

坂巻は、公儀の情報をたやすく人にもらすような迂闊《うかつ》な男ではない。

誰にも穏やかに相対し、罪人の話をよく聞いてやり、仏の同心といわれるほど町人にも慕われているが、根っからの公儀の役人である。

こんなことを口にするのはよほどのことだった。

正徹は坂巻に深々と頭を下げた。

正徹は、絹はもちろん誰にもこのことを打ち明けなかった。

絹は口が軽いように見えるが、真砂譲りで、話してはならないことは決して口にしない。だが、絹は公儀びいきで、穣之進が指南役を務めている桶町千葉が公儀打倒を企てる輩《やから》を匿っていたと知ったら、衝撃のあまりうろたえかねない。動揺を顔に出さないという保証はなかった。

源太郎も結実に伝えるつもりはなかった。

だが、源太郎が浮かない顔をしていることに、結実はすぐに気がついた。

「何かあったんでしょ」

夕方、患者が一段落した源太郎を結実は井戸端にひっぱりだした。

「何かって」

「昼餉の時だって、むすっとして。柄にもなく考え込んで、ため息なんかついて」

「いや……この間、骨を接いだ男が獄中で死んだって聞いてさ」

「桶町千葉で真剣を抜いた人？」

「まあな。何もいわずに死んだそうだ」

「お調べ、厳しかったんだろうか。治療している間中、殺せって叫んでいたよね」

「そのほうがよかったかもしれねえ」

「むごいね。……でも源ちゃんが落ち込んでるのはそれだけじゃないんじゃない？おとっつぁまもなんだか元気がないし。……何か隠してるでしょ」

結実は普通、気がつくだろうということは見逃すことがあるくせに、ときどき妙に鋭くなるところがある。

源太郎はぼんのくぼに手をやって、空を見上げた。

風が梢を揺らしたと思いきや、オナガがばたばたと飛んでいく。ギャーギャーというすさまじい鳴き声はさておき、黒い帽子をかぶり淡い青色の尾をゆらゆらと波打たせて飛ぶその姿はとても美しかった。

「あたしにいえないこと？」

別宅からは赤ん坊の泣き声が聞こえ、よしよしとあやすタケの声が続いた。

今日も風が強い。一段と強い風が巻き起こり、井戸端においてあった空き樽が転がった。

源太郎は樽を追いかけ、庇《ひさし》の下に置き直すと、綿の入った半纏《はんてん》をかきあわせた。

「寒いな」

「冬だもん」

源太郎は不意に結実の手を握ると、庭の奥に連れて行き、まずきつく口止めをした。

それから坂巻から聞いたことをかいつまんで話した。

「老中の会議？」

雲の上の話だが、伯父の身にかかわることだと思うと胸がひりひりしはじめた。

「桶町千葉は、どうなるの？」

「さぁ。なにもなしというわけにはいかないだろうな」

不逞浪士は困ったものだとか、京洛で殺し合いが起きているとか、長州が成敗されるとか、斬り合いで傷ついた人が大地堂に運ばれるとか、きな臭い話はまわりにいっぱい起きていても、こんな風に自分の親しい人の身にふりかかってくるとは今の今まで結実は想像もしなかった。

桶町千葉で師範をしている伯父はどうなるのだろう。捕らえられるのだろうか。

気がよくて、酒好きで、いつもおもしろい話をしてみんなを楽しませてくれる穣之進がお縄になるなど、どうしても想像ができない。

娘のいない穣之進は、昔から目に入れても痛くないほど結実をかわいがってくれた。

穣之進が公儀にたてつくものとして、お白州に引き出されるなど、思っただけで涙がこぼれそうになる。

人気の剣術道場、桶町千葉が取り締まりの対象にでもなったら。江戸っ子たちも大騒ぎになるだろう。門人は数千人にものぼる大道場なのだ。

「ほんとなの？　志士を匿ってたって」

「坂巻さんがあそこまでいってるんだ」

「なんで桶町千葉が志士のためにそんなことをするの？　志士が知った人だから？　それとも桶町千葉の重太郎さんも志士で、公儀が潰れればいいって思ってるってこと？」

「重太郎さんの考えはわからない。ただ……桶町千葉は、たとえば龍馬さんから匿ってくれと頼まれたら、黙って道場の中に入れるだろうぜ。それと同じ理屈じゃないのか」

「なんでここで龍馬さんが出てくるのよ」

「あの人も志士だ。それも気骨の入った」

かつて龍馬が桶町千葉に身を寄せていたとき、穣之進が大地堂に何度か連れてきたことがある。

龍馬は十歳やそこらだった結実とヨモギ摘みをしたり、祭に行ったりした。

大人なのに子どもみたいに土手を走り回り、祭では大声を出してはしゃぎまくる。

一緒にいると楽しくて、結実はすっかり龍馬が好きになった。

やがて龍馬は江戸を離れ、神戸で公儀の要人・勝《かつ》安房守《あわのかみ》とともに神戸に海軍操練所を作った。桶町千葉の門人で、龍馬に憧れていた栄吉は一時期、神戸に行き、海軍操練所で船の操航術を学び、世界を見てみたいという夢を抱いていた。

だが、海軍操練所は突如、閉鎖された。不逞浪人が集まっており、その何人かが禁門の変などで公儀を倒そうとする側に立ったという疑いがあってのことだった。

その後、龍馬は長崎で亀山社中《かめやましゃちゅう》を作り、商いをはじめたと聞いている。

栄吉は自分の子に、龍馬の龍という字をもらい、龍太と名付けた。

「男たちを匿うだけの理由が桶町千葉にあったってことだろう」

「伯父さん、どうなるんだろう」

「坂巻さんが教えてくれたってことは、何か打つ手があるということじゃないかと思うが……。穣之進さんも重太郎さんも、きっとやるべきことをやり、乗り切ってくれるよ」

「そうよね。伯父さんは二手も三手も先を読む人だもの」

自分を元気づけるようにいった結実に源太郎はうなずく。

「時代が動いているんだなあ」

源太郎はそういって口元を引き締めた。

ひゅるひゅると風が鳴った。

「おれはこのままでいいんだろうか」

ぽつりと源太郎がいう。結実が目をむいた。

「源ちゃんも、志士になるとか言いだすんじゃないでしょうね」

「そんなんじゃないよ」

「迷ったときは、もとに戻ればいいって、おばあさまに言われたよ」

結実は源太郎の袖をつかんだ。

「もとに、戻る」

「赤ん坊を無事にとりだすことと、赤ん坊が元気で育つように、母親の体が早く戻るように見守るのが産婆の役目。そしたら自分はどう動けばいいのか、おのずと答えはでるって」

源太郎は結実の肩に手をまわした。

「なるほどなぁ。真砂先生のいうとおりだ。……なあ結実、目を洗っても、軟膏をつけても、眼病はすぐには回復しねえ。だが横浜に住むメリケンのヘボンという医者は、水晶のような紫色の薬で、たちまち病んだ目を治すんだそうだ」

突然、何を思ったか、源太郎の話の矛先が変わった。

そのとき、源太郎を呼ぶ絹の声がした。

「源太郎さん、急患ですよ。早く！」

「ただ今、参ります」

源太郎は結実の肩をぽんとたたくと、本宅に駆けていった。

四

七軒町《しちけんちょう》で、芸者菊千代《きくちよ》と会ったのはその翌日だった。菊千代は千鶴《ちづる》をおんぶして通りを歩いていた。

「千鶴ちゃん、大きくなったわねぇ」

きれいに結い上げた島田に洒落《しゃれ》た細縞の着物、目尻の色気は相変わらずだが、菊千代は綿がたっぷりつまったねんねこを着ている。

ねんねこから首だけだしている千鶴は、きょろっと目を動かして、結実を見つめた。大きなナツメ型の目は菊千代にそっくりだ。

「千鶴、大きくなったってほめられたよ。そういうときはなんて言うのかえ」

「あ、ありがと、ござんす」

千鶴がたどたどしく芸者言葉でいったので、結実と菊千代は顔を見合わせ、噴き出した。

「千鶴ちゃんは賢いねぇ、おっかさんのいうことをちゃんと聞いてるんだねえ」

結実が手をのばし、小さな頭をなでると、千鶴はくすぐったそうに首をすくめた。

千鶴は菊千代の実の子ではない。

菊千代と結実の出会いは、今年の四月にさかのぼる。

柳原《やなぎわら》の土手で菊千代が首くくりをしようとしたところに、たまたま結実が通りかかったのだった。

そのまま別れたら菊千代はまた命を絶とうとしかねない様子で、捨て置けず、当時は真砂もすずもいた別宅に引き取り、六日ばかり寝食を共にした。

菊千代が命を絶とうとしたのは、将来を誓っていた水戸藩士・水野《みずの》市左衛門《いちざえもん》を突然失ったからだった。

なぜ市左衛門が死ぬようなことをしたのか。内縁の菊千代には知る術がなかったという。市左衛門はすでに荼毘《だび》にふされ、水戸の親戚が引き取ったとだけ聞かされ、それでしまいだったのだ。

最愛の人が煙のように消えてしまい、菊千代の生きようとする気力もそのときに粉々に砕《くだ》かれた。

だがひょんなことから、傷を負った市左衛門が運び込まれたのが大地堂で、最期を見届けたのが源太郎であることがわかった。

　市左衛門は辻斬りから子どもをかばって斬られ、最後まで「お菊」と菊千代の名を呼んでいたと、源太郎は菊千代に伝えた。

「ご挨拶に伺わなくてはと思っていたんですが、年末に入り、お座敷も忙しくなっちまって……」

「お察しします。二人の暮らしに慣れるまではご苦労もあったでしょう」

「なんも。家に子どもの笑い声が響くってのはいいもんでござんす」

　生きる力を取り戻し、家に帰った菊千代は、しばらくしてまた真砂の元を訪ねてきた。そしてもらい子をしたいと切り出した。

　自分と市左衛門は、子を持ち、育てることを楽しみにしていた。市左衛門は果ててしまったけれど、ふたりで夢見ていたように子どもを育てたい、親のいない子を引き取り、世話をしたい、と。

　夜の仕事を持ち、子どもと暮らすのは大変な上、一度、子どもを引き取ったら、引き返すことはできないと、真砂は菊千代に翻意を促した。

　だが、菊千代は自分が結実に助けられたのは、そういう子を育てよという、神仏の、そして市左衛門の導きだといってきかない。

菊千代自身も捨て子で、置屋の夫婦に育てられたので、他人の子を育てる大変さはわかる、その覚悟はあるともいい切った。

真砂は思案の末、三歳の千鶴を菊千代に引き合わせた。千鶴の父は不逞浪人に斬られた御家人の中間《ちゅうげん》で、残された母も悪い風邪をこじらせて亡くなったばかりだった。出会ったその日から菊千代は千鶴のおっかさんになったのだ。

「遅くなりましたが、源太郎さんとのこと、おめでとうござんす」

「その節は、きれいな末広をお贈りいただき、ありがとうございました。飾り棚にいつも飾っております」

源太郎との祝言に際し、菊千代が贈ってくれた扇子は、金地に青松が描かれた立派なものだった。

「とんと御無沙汰して不義理をしちまって。師走中には必ず、千鶴と顔をだしますので、みなさまにはどうぞよしなにお伝えください」

今日は朋輩の芸者の引っ越しの祝いを届けに行った帰りで、千鶴がいい子にしていたので、これから甘味屋に汁粉を食べに行くと笑った。

菊千代と別れ、水谷町の守田屋を訪ねると、古参《こさん》の女中が血相を変えて迎えた。

「結実さん。ちょうどよかった。大旦那さまと大奥様がお出かけのときに……。早く中に入ってくださいな！」

女中は口から泡を飛ばして叫び、ぐいぐいと結実を中に引き込む。

奥に入ると、静の部屋から泣き声が聞こえてきた。

「こんなおっかさんで堪忍《かんにん》。これ以上なにもしてあげられない」

「しっかりしなさい。おまえは恵太郎の母親なんだ」

亭主の三郎衛門の憤ったような声が続く。

失礼いたしますと唐紙を結実が開けると、部屋の中に湯呑みや手ぬぐい、まくらまでが転がっている。静が放り投げたとしか思えない。

「だったら旦那様は父親ですわね」

静は向かい合っていた三郎衛門に恵太郎をぐいっと押しつけた。

「もう嫌なの」

「おい、どこに行くんだ」

部屋を出ようとした静は、唐紙のところで結実にはじめて気づき、きつい目で結実をにらんだ。

「行きましょう」

「えっ？」

てっきり引き止められると思っていたのか、静は驚いたように目を見開き、そういった結実を見た。結実はすかさず静の手を握り、外に出た。

広い庭だ。立派な松が強い冬の陽ざしを受け、黒く光っている。

風はきりっと冷たいが、晴れ上がった空から光は明るく、冬うららという言葉がぴったりの午後だった。

結実は井戸端まで静を連れて行くと、そこにあった縁台に座らせた。綿入れの半纏を脱ぎ、静の肩にかけてやる。

「これ……」

「お静さん、寝まきだもの。風邪を引いちゃうわ」

まぶしげに静は空を見上げた。

「おい、子どもをおいて、どういうつもりだ」

三郎衛門の叫び声に、恵太郎の泣き声が続く。

静の手が小刻みに震えた。赤ん坊の泣き声は母親を呼ぶ声でもある。

結実は静の手の上にそっと自分の手を添えた。

「旦那さんに少しの間、抱っこしておいてもらいましょう。手をかしてくれる人はいそうだし」

女中が抱っこを替わったのか、泣き声が小さくなる。

静はもう一度空に目をやった。

「久しぶりに空を見た」

「外の空気を吸ったのも久しぶりでしょう。お産の後、部屋から出なかったものねぇ。恵太郎ちゃんが生まれてから、がんばってたもの、お静さん、ずっと」

静はけだるそうに首を横に振った。

「私……もう消えていなくなりたい。これ以上、生きていたくない」

「そんな……」

静を支えていたものがぷつんと切れてしまったようだった。

「わかんないわ、私の気持ちなんて。誰にも。……私はね、あの子のこと、かわいいと思っちゃいけないの」

「あの子って、恵太郎ちゃんのこと？」

「……そう」

「どうして？　お腹を痛めて産んだ子なのに」

静は口の端を歪《ゆが》めた。

「結実さんは知っているよね。私が産んだ前の子のこと。もう一年半……大きくなったかしら、歩いているかしら。おしゃべりができるようになったかしら。……おっかさんと呼ぶ人もいるのかしら」

「……会いたいんですね」

意外なことに、ううんと静は横に首をふって、どきっとするほど強い目で結実を見た。

「そんなこと、あたしが思っていいわけがない。……あたしがそうすると、決めたのだもの。おっかさんとおとっつぁんの言う通りに、手放すって。人に育ててもらうって」

ほろりと静の目から大粒の涙がこぼれ落ちる。

「……なんであたし、今、こうして生きているんだろう。でも私が家に戻るって決めたのよ。そうでないと、あの人の父親が腹を切るって言ったから」

右の道を行くか、左の道を行くか、どっちを選んでも後悔が残るとわかっていても、どちらかを選ばなくてはならない。

静と男は、結局、家を捨てられなかった。親たちを泣かせることができなかった。

そのために静は恋を捨て、子を捨て、自分が泣くことになった。

「……あの人の子どもが宿っていると知ったとき、育てたいと親に頼んだの。でも、だめだと言われた。誰の子どもかと人の噂が噂を呼んで、あの人の名がきっとつきとめられてしまう。そしたら、あの人のお旗本としての名にも傷がつく。子どもを諦めるのは、あの人のためにもなるって言われて。私はあきらめたの。……私は産んだだけだもの。一日だって世話をしたこともない。お乳もやっていない。あの子に飲ませるはずの乳は毎日、搾って捨てた。私はあの子の名前さえ知らない。産衣に背守りも縫い付けてやらなかった。私はあの子の親でもなんでもない。会いたいなんて言えるわけがない。親としての情けは何ひとつかけてこなかったんだから……」

心の中で何度も反芻《はんすう》したことなのだろう。静は矢継ぎ早に言葉を重ねる。

「……そんなあたしがまた子どもを授かるなんて。……掛け軸に名前を書いてもらい、祝い膳を囲み……あの子にはなにもしてやらなかったのに。あの子が不憫《ふびん》でたまらない。……だからかわいいなんて思っちゃいけないのよ」

静はほとばしるようにいって、唇を嚙《か》んだ。

恵太郎に笑顔を見せなかったのは、だからだったのか。恵太郎の名を呼ばなかったのも。

自ずとわき上がってくる、赤ん坊が愛おしいという気持ちを封じるために、静はずっと人形のような顔をしていたのか。

「でももう……できない」

静は顔を伏せた。

結実は思い切って口を開いた。

「お静さん、もらい子はかわいそうだなんて決まってませんよ。実の親よりかわいがって育てている養父母もいる。親がすぐそばにいるのに、かわいがってもらえない恵太郎ちゃんのほうがかわいそうです」

静が顔をあげ、きっと結実をにらんだ。

「結実さんに何がわかるっていうのよ。子どもを産んだことも育てたこともないくせに」

またこれかと、結実はため息がでる思いだった。

だがひるみはしなかった。

静のいうとおり、結実は子どもを産んだことのない産婆だ。でも、妊婦と赤ん坊のことを思う気持ちは誰にも負けない。

結実の脳裏に、ふと、ある人の顔が浮かんだ。

「お静さん、会ってほしい人がいるの」

「お説教ならごめんよ」

「そんなんじゃないわ。ちょっと待ってて。今ならつかまえられるかもしれない」

結実は女中を呼び、静を見ていてくれと頼むと、走って外に出た。

隣町の七軒町まで走り、甘味屋を探した。「甘味処」という幟《のぼり》のある店に千鶴をおぶった菊千代が見えたのはそのときだ。

結実は駆け寄り、静のことを打ち明けると、菊千代はちょんの間、考えていたが、「よござんす」と胸をとんと叩《たた》いた。

結実が菊千代を連れて守田屋に戻ると、静はすでに部屋に戻って、恵太郎を抱いていた。

静は、赤ん坊をおぶった菊千代をいぶかしげに見た。髪を島田に結い、唇には紅をさし、滅法色っぽく、ねんねこから出ている縞の着物も小粋な限りだ。

だが、ねんねこの柄は犬張り子と、まったくそぐわない。

菊千代はねんねこを脱ぎ、おぶっていた千鶴を下ろした。

「……結実さん、こちらの方は？」

たまりかねて静がたずねた。菊千代はきちんと正座すると、三つ指をついた。

「柳橋芸者の菊千代でござんす。こちらは娘の千鶴でござんす。千鶴、ご挨拶を」

「こんにちは」

隣にちょこんと座った千鶴が、小さな手をつき、頭を下げる。

「それで、なぜここに？」

結実が話す前に、菊千代が口を開いた。

「話は結実さんからざっとお聞きしました。前の子を手放しちまったから、今の子をかわいがることはできないって、そんな道理がありますか？」

いきなりずけっと、菊千代が核心を突く。

静の顔にさっと朱がさした。

菊千代に、少し抑えて話してほしいとあわてて結実は目で合図を送ったが、菊千代の目は静に注がれていて、結実の顔など見もしない。

静に菊千代を会わせてよかったのかどうか。結実は早くも不安になってきた。

「何も知らず、いい加減なことをいわないで下さい。あなたには私の気持ちなんてわかりません」

菊千代はうなじに手をやり、髪をおさえた。

「それはそちらさまのご事情でござんすからね。他人にゃ、わかりませんよ。それにたいていの親は子どもを手放したりいたしませんし」

「よくもそんな」

「言われてもしかたないじゃありんせんか。しもしないことを言ってるならともかく、そちらさんはそうなさったんでござんしょう」

結実は頭を抱えたくなった。

もらい子を育てている菊千代の話を聞いたら、静が少しは安心できるだろうと思ったのに、これではやぶ蛇だ。

「お帰り下さい」

静は目に怒りをたぎらせていった。だが、菊千代は顔色も変えない。

「言われなくてもまもなく帰ります、けどね、ひとつだけ言わせていただきますよ。……前の子に悪いから、この赤ん坊をかわいいと思わないようにするって……それじゃ、この赤ん坊も捨てるってことじゃござんせんか」

「この子を捨てるなどと……」

「かわいいと思わないってのは、捨てるのと同じことでござんすよ。前の子どもの分まで、この子をかわいがってやればいいじゃござんせんか」

「それじゃ、あの子に申し訳なくて、あたしの気持ちがおさまらないんですよ」

「やましさや後悔が消えないっていう気持ちもわかります。それはそうでござんしょう。そちらさんはそれだけのことを、なさったんでござんすから」

「芸者風情が偉そうに……」

「でも、この子にはなんの関わり合いもないことでござんす。自分のしたことには、自分ひとりで立ち向かうしかない。自分の始末は自分でつける。赤子を巻き込むのは間違いでござんす」

静は唇を嚙みしめ、菊千代と結実をにらみつけた。

「いったい何様のつもり？　結実さん、こんな人を連れてきてどういうつもり？」

「あたしは捨て子でござんす。そしてこの子はもらい子でござんす」

静は眉をひそめ、菊千代と千鶴を交互に何度も見た。

「乳飲み子の時に捨てられていたあたしを、置屋のおかみさん夫婦が拾って育ててくれました。この千鶴は、両親を亡くした娘でござんす。ええ。捨て子が、もらい子をしたんでござんす。世の中にはこんな親子もいるんでござんすよ。子どもってのは、いつだって親にかわいがってほしいと思ってますよ。親に捨てられて、親のことを恨《うら》んでいたとしても、どこかで恋しいと思っているんでござんす。もしいつかばったり会うようなことがあったら、『ごめんよ、捨てたくて捨てたわけじゃない』といってほしいと、子どもは願っているもんなんでござんす」

千鶴が菊千代の膝にのり、不安げな顔で「おっかさん」と首にかじりついた。菊千代はその身体に手をまわして抱きしめた。

「あい、ごめんよ。きっつい物言いしちまった。でも、千鶴のことを叱ってるんじゃないよ。千鶴はおっかさんの大事な大事な娘だもの」

千鶴は気が済んだように笑顔を見せ、恵太郎を指さした。

「赤ちゃん。かわいい」

「かわいいねえ。千鶴もきっとこんなちっさな赤ん坊だったんだね。ちょっとおっきくなったけど、千鶴は今もかわいい、おっかさんの宝物だよ」

えへへと千鶴は嬉しそうに笑って、また菊千代にかじりついた。

「……私がこの子をかわいがってもいいと？」

静が声を絞り出すようにいう。

「かわいがるのに、何か理由がいるんでござんすか？　子どもは誰の子でもかわいい。ましてや自分の子だったら、自分が親として育てている子だったら、一等かわいい。そうじゃござんせんか」

「……」

「柄にもなくよけいなことをいっちまった。さ、仰せの通り、あたしたちは失礼します。夜のお座敷があるんでござんす。さ、千鶴、家に帰って、風呂をあびて、ままを食べるよ」

「うん」

「外は寒いので、ここで失礼しますよ」

菊千代は千鶴をおぶいひもで背負い、犬張り子柄のねんねこを羽織った。

「それじゃお邪魔さまでござんした」

部屋の外まで送ってきた結実の肩をつかみ、菊千代は回れ右させた。

「あたしのことはいいから、あの人についてあげて。かわいそうに。……でも自分のことは自分で引き受けるしかない。子どもを巻き込むのはお門違いだ」

結実が部屋に戻ると、静は正座したまま、じっと考え込んでいた。不意に、恵太郎が泣きだした。

静は恵太郎の顔をのぞきこみ、息を大きく吸い込んだ。

「お腹がすいたの？　おしめが濡れたの？」

おしめはぐっしょり濡れていた。

「いっぱいおしっこしてよかったねぇ」

ぽろぽろ涙をこぼしながら、静は恵太郎に話しかけ、おしめの始末をすると、静は恵太郎を抱いた。

「気持ちよくなったねぇ。恵太郎。おっぱい飲もうかねえ」

泣きながら顔いっぱいに笑みを浮かべ、いとおしそうに恵太郎の名前を呼び、静は乳首をくわえさせた。


帰り際、静は結実にいった。

「菊千代さんに、恩に着ますと伝えてもらえますか。……あの子のことはあたしがひとりで抱えていく。本当にその通りだ。……恵太郎のことをかわいいと思う気持ちはもう止められない。かわいくってしょうがないんだもの。……あの子の産衣に背守りを縫ってやらなくては」

恵太郎の産衣《うぶぎ》のどれにも、これまで背守りがついていなかった。前の子に縫ってやらなかったから、恵太郎にだけ背守りをつけるわけにはいかないと静は思っていたのだろう。

「遅くなってしまったけれど、まだ間に合うかしら」

「大丈夫ですよ。何の文様にしますか」

「……麻の葉がいい」

麻は丈夫で、大地にしっかり根をはり、まっすぐに成長する。

「あまり根をつめないで、少しずつなさってくださいね」

縛られていたものから吹っ切れたかのように、静は柔らかに笑い、うなずいた。

帰宅すると、大地堂に源太郎の姿がなかった。

「今日は晩飯はいらないといって出かけましたよ」

絹がいうと、茶の間で絵を描いていた章太郎が顔をあげた。

「このごろ、源兄ちゃん、よく出かけるよね。どこにいってんだろ」

「ま、あいつにだってつきあいはあるだろう」

診察を終えて戻ってきた正徹がいった。

夕食が終わると、結実は真砂の部屋にいき、静と菊千代の話を語って聞かせた。

「お静さんがそんな風に思っていたとは……苦しかっただろうねぇ。それにしても、いいにくいことを、よくまあ、菊千代さんがいってくれなさった。さすが柳橋の売れっ子芸者。気っ風がいい。……誰にも通じる手ではないけれど、今回は菊千代さんのお手柄だね」

真砂はほっとしたようにいった。

今ごろ、静は針を持っているだろう。

弱き者に忍び寄ろうとする魔を蹴散らし、恵太郎が無事に育つように願いをこめ、一針一針、丁寧に産衣に糸を通す静の姿が見えるような気がした。

源太郎はすっかり夜が更けてから帰ってきた。

酒の匂いを漂わせていた。

――浮気されないようにね。

良枝の声が蘇《よみがえ》る。

源太郎は音を殺して自分の布団にもぐりこんだものの、しばらく考えごとをしているようだった。

# 第五章　笑い南天

一

龍太をおぶいながらすずが洗濯ものを干していると、納豆売りの声がした。

がらっと戸があき、栄吉が小鉢を持って出てきた。

「龍太、おとっつぁんと納豆、買いにいこうぜ」

すずの背から龍太を抱き上げて、栄吉は納豆売りを追いかけていく。

師走にはいり、氷が張る朝が続いている。結実のところで使うおしめはタケが洗ってくれるが、家でも汚れものはでる。

栄吉のふんどしや半被《はっぴ》、手ぬぐい、龍太の衣類やおしめ……六ツ半（午前七時）から産婆仕事に取りかかるには、暗いうちから洗濯をはじめないと間に合わなかった。

冷たい水でぶ厚い半被を洗うのはことにやっかいで、すずの指はあかぎれだらけだ。

洗濯するたびに傷口が開くので治る間もなく、生まれたばかりの赤ん坊を湯浴《ゆあ》みさせるときなど、傷だらけの指が柔肌を傷つけはしないかと心配になる。

「今日も龍太ちゃんを連れて、働きに行くのかい？　毎朝早くから洗濯を終えて、よくまあ……」

隣の女房・さだが出てきて、感心したようにいう。

さだは四十手前の小柄な女だった。亭主は大工で、ふたりの息子はすでに亭主の下で働いている。さだの家も洗濯ものは多いのだが、朝飯を終えてからゆっくりとりかかる。

「おすずさん、何も無理して働くことないのに。亭主の栄吉さんは腕利きの鳶で、火消しの纏《まとい》持《も》ち。お舅さんは『は組』の顔役なんだから」

さだは悪気なく、ときどき、この話を繰り返す。

町人の平均の賃金が一日約三百文に対して、鳶仕事は五百四十文はくだらない。栄吉は忙しいときには千文稼ぐこともある高給取りだった。

「いつ産気づくかわからない妊婦さんが三人もいるんですよ」

「産婆は女にとってはありがたいものだけどねぇ……。ま、元気にいっといで。洗濯ものは夕方前には取り入れてやるよ。雪が降ったときも」

空を見上げながらさだはいった。

「いつもすみません」

今日は重い灰色の雲がたれこめている。雨や雪に降られたら洗濯ものが台無しだ。さだの好意はありがたかった。

かまどからは米が炊けた匂いがした。味噌汁を作り、炊きあがったご飯をよそい、栄吉が買ってきた納豆で、朝食をかきこむ。

泣き出した龍太におっぱいをやり、背中にくくりつけ、食器を洗っていると、栄吉が気遣うようにいった。

「おすず、疲れてねえか」

「ん？　平気よ」

「少し痩せたようだぜ」

「お乳をやっているといくら食べても太れないのよ」

「無理してんじゃねえのか。おめえは龍太とおいらの頼みの綱だ。倒れられたら目も当てられねぇ」

昨晩、栄吉は珍しく実家で過ごし、遅くなって帰ってきた。

栄吉は、一瞬、何かいいたげな顔をしたが、「行ってくる」と草履をはいた。

腹掛に股引、半被姿の栄吉の右肩にすずは、火打石《ひうちいし》をカンカンと打ち鳴らし、切り火をした。切り火は命をはる仕事をする栄吉の無事を祈るお清めだった。

栄吉が出た後、すずは龍太をおぶい、八丁堀に向かった。

「おはよう、おすずちゃん。今日も精が出るね」

「おはようございます」

「赤ん坊しょって産婆仕事とはてえしたもんだ。しっかりな」

すずはこのあたりで育ったのでまわりは知り合いだらけで、家を出ればしばらくの間、頭を下げっぱなしだ。

すずが産婆になろうと決めたのは、結実同様、安政の大地震がきっかけだった。

すずが両親と住んでいた長屋は大きな揺れで潰れてしまった。

研ぎ師をしていた父親の仕事は途絶え、蓄えも雨風をしのぐ家もなく、しばらくの間は、お救い小屋が配るわずかな粥《かゆ》や道端に生えている草を食べて命をつなぐしかなかった。

瓦礫《がれき》を片付ける間もなく、流行病《はやりやまい》が蔓延《まんえん》したこともあり、体力のない幼子や年寄り、怪我をした者からばたばたと死んでいった。

すずが生き残れたのは、運が良かったとしか思えない。

そのとき、すずは、どんなときも必要とされる仕事をして、自分の手で稼いで生きていきたいと思った。そうして選んだのが産婆だった。

幼なじみの栄吉は、すずの思いを知っていて、一緒になるときも産婆をやめろとはいわなかった。そんな男だったら、こっちから願い下げだったが。

だが、栄吉の父親は「は組」の顔役だ。いずれ栄吉はその後を継ぐことになる。

姑のムメは顔役の女房として、何百人もいる組子の世話をこまごまとやいている。祝言や出産の祝いを贈り、怪我をした者がいればつきそい、その家族の暮らしが困らないように手配し、火事がおきれば火消したちが帰ってきたときのためにありったけの米を炊いて、山ほど握り飯を作る。組子の家族の葬儀や法事なども、ムメが奥の仕事を取り仕切っている。

「産婆を続けたいなら、そうすればいい。おっかさんはまだ長生きするだろうし、先のことはそのときになってから考えればいいさ」

一時期、親の反対をものともせず、家を離れ、神戸の海軍操練所に行こうとしていた栄吉はそういって、すずの気持ちをいちばんに考えてくれているが、将来のことを思うと憂鬱になる。

顔役の女房は、産婆と兼ねられるような甘いものではない。

産婆はやめたくない。だが、それにこだわっている自分がわがままをいっているような気もしてならないのだ。

二

四ツ（午前十時）ごろから雪がちらつき始め、やがて本降りになった。

昼前、福島町の裏長屋、三平店に住む桶職人の女房・スミが産気づいたと、亭主の枡吉《ますきち》がかけてきた。

福島町は、堀割を埋め立ててできた町で、小売の小さな店が並び、多くの長屋には職人が住み着いている。

「お産婆さん、こっちこっち」

結実とすずを見つけると、雪の降る中、木戸の外に出て待っていた長屋のおかみさんたちが荷物をもぎとり、手をひき、スミの家の前に押しやった。

「結実さん、おすずさん、どうぞよろしくおねげえします」

隣に住むスミの両親が深々と頭をさげた。

「ご両親もみなさんも、どうぞ家に戻ってください。雪も降り出しましたし、お産は時間がかかりますので」

スミの母親が眉間をよせる。

「けど……心配で」

「こんな寒さの中、外にいたら命にかかわります」

「……何かあったらすぐに呼んでもらえるかい。壁を叩いてもらってもいいし」

「そのときは必ずそうしますから」

部屋に入ると、火鉢がおかれ、鍋には湯がわいていた。

スミのお産は思ったより進んでいた。

今朝早くおしるしがあり、腹にぎゅっとした痛みを感じるようになったという。強い痛みが襲ってくるようになり、破水もしたので、あわてて枡吉が結実たちを呼びに走ったということだった。

今では四半刻（三十分）に三、四度、陣痛が起きている。

結実とすずは油紙を敷き、力綱をはり、そのときがくるのを待った。

「みんな、張り切っているでしょ。お産をするのはあたしなのに。大騒ぎして」

痛みの波が去ると、スミはくしゃっと笑った。スミはこの長屋で生まれ育ったという。

「ちっちゃいときからあたしのことをかわいがってくれた人ばっかりなの。娘みたいに思ってくれてるのよ」

笑うと丸顔の左の頬にえくぼが浮かぶ。三日月のような目はいつも笑っているよう で愛嬌たっぷり。長屋の人にかわいがられているというのも、道理だった。

「だから、あたしが産む子は、みんなの孫ってわけ。外に本物の孫がいる人も、あたしの子は内孫だなんて、いってくれてさ」

「幸せな赤ん坊ね。生まれる前から、おじいさんとおばあさん、おじさんとおばさんがいっぱいいるなんて」

「うん。……あの……もしかしてうちの人、外にいるんじゃない？　おっかさんが中に引っぱり入れてくれたらいいけど、あたしのそばにいたいとかいって、雪にふられているかもしれない。もしそうだったら、中に入れてもらえないのかな」

「私たちはかまわないけど、おスミさんはそれでいいの？」

男はお産を見るものではないといわれていた。だがスミは甘い声でいう。

「風邪をひいたらかわいそうだもの。見たくないなら、あっちをみていたらいいし、そのときだけ出て行ってもらってもいいし」

結実が戸をあけると、案の定、枡吉は雪をよけるように軒先で立っていた。

風が吹いているので雪はどこにでも吹き込む。枡吉の肩も髪も白くなっていて、歯ががちがち鳴っていた。

枡吉に中に入るようにいうと、首を横に振り、中に向かって叫んだ。

「おスミ、おいらは外で大丈夫だ」

「ダメ！　風邪は万病の元。お産でそっちが寝込んだら洒落にならないって！」

すかさず、スミが言い返す。

「けど……」

「お腹が痛いのに、これ以上、大声を出させないで！　入ってきてっていってんの」

「さ、どうぞ」

結実が促すと、緊張した面持ちで、枡吉は中に入った。

枡吉は、十九歳のスミより十三も年上の三十二歳だった。

十二歳のときに江戸で桶職人をしていた伯父を頼り、高崎から出てきたが、一昨年、その伯父が亡くなり、枡吉は三平店に越してきた。

そして昨年の七夕の井戸《いど》浚《さら》いの日、長屋全員で井戸はもちろん厠《かわや》まで掃除をして、そうめんを食べ、男たちは酒を飲んだという。そのとき、スミと枡吉ははじめて親しく話し、互いに憎からず思うようになった。

当初、スミの両親は年が離れすぎているといい顔をしなかったが、スミがどうしても枡吉と一緒になりたいといいはり、長屋の連中が好きなもん同士、添わせてやれと加勢し、ついに親も折れ、一緒になった。

田舎から大勢の男が出稼ぎにくる江戸は、男余りの町でもあった。

自分もひとりもののまま終わると覚悟していた枡吉は、こんなにも可愛らしい女房をもらうことができたと、祝言の日、あたりもはばからず泣いたらしい。

半刻（一時間）後、スミは女の子を産んだ。

産声が響いた瞬間、外から声がした。

「取り上げ親はあたしだよ」

そうだったと結実は急いで戸口をあけた。

お産に取りかかる前に、スミと両親から、取り上げ親は一軒隣に住んでいる五十がらみの女房・ツタだといわれていたのだ。

ツタは緊張した面持ちで入ってくると、スミの枕元に正座し、律儀に三つ指をついた。

「おスミさん、おめでとう。無事に生まれてよかったねぇ」

「ありがとう、おばさん。よろしくお願いします」

「あい、わかった」

結実はツタに、まだどくんどくんと脈打つへその緒を握らせた。

子どもが生まれてもしばらくの間、へその緒は拍動を続けている。だが次第にそれは弱くなり、役目を終える。

取り上げ親の役目は、母と子をつなぐへその緒を切り、独立した命として赤ん坊をこの世に迎えることだった。

へその緒が静かになったとき、結実はツタに目で合図した。

ツタはへその緒を拝み、つぶすように指で強く押さえ、ちょんと切った。血もほとんど流れない。鮮やかな手さばきだった。

それからツタは赤ん坊の顔をのぞきこみ、祈るようにつぶやく。

「ようこそ、この世に。おツタおばちゃんだよ。……やさしい娘に育っておくれよ。いつか嫁に行くまで、あたしも長生きするね」

外ではおかみさんたちが声を張り上げている。

「ちょいと誰か、金兵衛さんを呼んできとくれよ。名付け親は差配人の金兵衛さんだから」

「番屋かな。あたいがいってくるわ」

「頼んだよ」

取り上げ親と名づけ親は、子どもの成長を見守る役目を担う。江戸に出入りする人が増えて、この風習は今やほぼ廃《すた》れかけているが、大きな家族のような三平店ではまだ生きていた。

帰り道、すずはしみじみと結実にいった。

「幸せだね、あの子」

「長屋のみんなが奪い合うように赤ん坊の顔を見て、笑ったり泣いたりするんだもの」

「ほんと。産婆冥利につきるお産だったなぁ」

「お腹もぺこぺこ」

「あら、結実ちゃん、長屋のおかみさんが作った握り飯、食べなかったの？」

「食べたわよ。一個」

「……遠慮したの？　いつもなら三個はぺろりでしょ」

結実は口をへの字にした。

「だって、おかみさんたちが、次は結実ちゃんだね、なんてうるさくて。二個も三個も食べたら、お腹の子が食べたがってるんじゃないかい、なんていいかねない雰囲気だったんだもの」

「世話好きなおかみさんは、遠慮がないからね」

結実と目をあわせ、すずが苦笑する。

「ねえ、久しぶりに蕎麦をたぐらない？」

結実がいった。

「蕎麦？」

「うん、お蕎麦屋さんに寄り道。前はふたりで、よくいったじゃない」

すずはちょっと考えて、首を横に振った。

「よしとく。龍太が待ってるから。結実ちゃんは食べておいでよ」

「そっか。……だったら、いいや」

「おなかがすいてるのに」

「いいのいいの。おすずちゃんは、龍太ちゃんのところに早く帰りたかったのに、私ったらうっかりしてた」

結実は自分の額をぺちっとたたいた。

「ごめんね」

手を合わせたすずに結実が苦笑する。

「それはこっちの台詞」

しばらくしてすずは「ああ〜、疲れた」とつぶやいた。首をまわすと、ゴキッと音がした。結実がぎょっと首をすくめる。

「やだ。あたしにまで音が聞こえた。寝不足で肩こり?」

「赤ん坊を育ててたら、誰だってこんなもんよ」

「おすずちゃん、身体が辛《つら》いときは休んでもいいんだよ」

結実は足をとめていった。すずはふわっと笑う。

「休んだって寝てられやしないのよ」

「そうか……」

「家に帰ってからだってご飯の支度や洗濯とか、あるしね」

「おっかさんは大変だ」

「栄吉さんは早く帰ったときには掃除をしてくれるし、私がお勝手に立っているときは子どもの面倒もみてくれる。ずいぶん恵まれてるほうだと思うの」

「おのろけね」

「ほんとのことよ」

「ごちそうさま」

「それに、こうして働いているときには、お夕ケさんや、真砂先生、お絹さん、章太郎ちゃんが、みんな、龍太のこと、かわいがってくれるし」

そこですずは言葉を切った。

将来、は組の顔役の女房と産婆を兼ねられるかという悩みのほかにもうひとつ、すずには思い詰めていることがあった。

夜のお産を結実まかせにしているということが、胸にずっとひっかかっている。すずがお産に携われるのは、朝から夕方まで。お産の途中であっても、あとは結実にまかせ、すずは帰らせてもらっている。

龍太が小さいからこれでいいと結実はいってくれるが、いつまでもそうはいかないだろう。

子どもひとりだけでもこの状態なのに、栄吉はあとひとりかふたり、子がほしいという。できるなら、すずもそうしたい。

だが産婆としての自分はどうなるのだろう。続けていけたとしても、往診だけの、半端者の産婆で終わってしまうのではないか。

龍太が生まれて幸せなのに、自分自身の先がみえなくなっていた。

八丁堀に戻ると、なぜか栄吉がいて、龍太を抱いてあやしていた。

「どうしたの？」

「雪で鳶仕事が早じまいになったから、帰りに寄ったんだ。それにしてもここはすげえなぁ」

栄吉は部屋をみまわした。鴨居《かもい》から渡した紐《ひも》に、洗濯ものが縦横無尽にぶら下がっている。あっと、栄吉はつぶやき、頭を抱えた。

「先にうちに帰るんだった。あの洗濯もの……」

「大丈夫よ。隣のおさださんに頼んでいるから」

「長屋は助け合いだから。うちの洗濯ものも誰かが取り入れてくれてるだろうけど。うっかり忘れられていたらと思うとぞっとする……」

タケがいった。子どもが五人いるタケの洗濯ものの量を思うと、すずはくらくらしそうだった。

そのとき、源太郎が本宅から戻ってきた。

「おっ、栄吉！　久しぶりだな」

「そっちこそ、どうしたんですかい。こんな時間に」

栄吉は三年前、子どもを助けようとして炎に包まれた家に飛び込み、大やけどを負って、大地堂に運ばれた。回復するまでの間、源太郎がつきっきりで介抱した縁で、二人は今では気の合う友人同士だ。

「この雪だろ。急患は別にして、日延べする患者が多いんだよ。明日、晴れればその分、忙しくなるって寸法で」

「医者も鳶や大工と一緒で、お天道様に左右されるとはなぁ」

慣れた様子で龍太を膝の上に乗せている栄吉を見て、源太郎の眉が持ちあがる。

「……こうしてみると、栄吉もすっかりおとっつぁんだな」

照れくさそうに栄吉が笑った。

それから源太郎は結実に耳打ちした。

「ちょいと出かけてくる」

「またですか？　いったいどこに行くんですか」

結実の頭に血が上った。

「いや、ちょっと」

「お酒飲んできたでしょ、この間は」

「あれは……」

座布団で寝ていたさゆりが泣き出し、それに驚いたように龍太も泣き声をあげた。

今日こそは源太郎と話をつけようと、結実は振り返り、後片付けをしていたすずに声をかけた。

「おすずちゃん、おスミさんのお産も無事に終わったし、栄吉さんと帰っていいわよ。

今日、往診に行かなくちゃいけない人もいないし」

「え、でも……」

「もし誰かが産気づいても、この時刻からなら私がひとりでやるしかないし」

自然に早口になった。

「……そう、そうよね。わかった」

唇を噛《か》んで、すずがうなずいたことにも結実は気がつかない。

だが、結実が振り向くと、もう源太郎はいなかった。

きりきりと結実の胃が痛んだ。

すずと栄吉が帰ったら話をしようと思ったのに。

やましいことがないのなら、誰とどこで会うのかくらい、女房の結実に伝えていけばいいのに。まるで親の目を盗んで遊びに出かける子どものように、振り向いたらもういないなんて。

やはり、源太郎は結実にはいえないところに行っているのだと、ずんと気持ちが重くなった。

すずと栄吉が帰ると、長いため息がもれた。

そのとき戸口をあける音がした。

「ごめんくださいな」

千鶴をおぶった菊千代が立っていた。

「まあ、雪の中、わざわざ、さ、どうぞ中に」

「そこでおすずさんと会いましたよ。あれが噂の、いなせなご亭主でござんすか」

菊千代は番傘の雪を払い、中に入った。

「そう。かっこいいでしょ。は組の纏持ちなのよ、栄吉さん」

以前、結実は栄吉に憧れていた。その栄吉がすずとつきあっていると知って、心を焦がしたこともある。

けれど、今の自分には源太郎がいる……と思ったところで、また源太郎に対して怒りがこみあげる。

茶の間に上がった菊千代は、所狭しとぶら下がっている洗濯ものを見上げて苦笑した。

「赤子のいる家はどこも同じでござんすね。部屋の中がおしめの森でござんす」

それから菊千代は千鶴を背中からおろし、結実に頭を下げた。

「先日は、文をお届けくださいましてありがとうございました」

静に意見してくれた菊千代に、結実はお礼の文を出していた。

子どもをかわいがるのに理由はいらないと菊千代にいわれ、静は封じ込めていた恵太郎への思いを解き放った。

恵太郎に笑顔を見せ、その名を口にするようになると、静の食欲も少しずつ戻り、乳も出るようになった。今では恵太郎が身につけるどの産衣にも、麻の葉文様の背守りがつけてある。

「これ……守田屋のお静さんからいただいたものなんですが、うちじゃ食べきれなくて、結実さんたちにお裾分け。少しですけど」

風呂敷から紙箱をとりだして、菊千代は結実の前にすべらせる。

「お干菓子と、豆大福でござんす」

その途端、ぐ～っと結実の腹が鳴った。菊千代が口元を手でおさえて笑いを嚙み殺す。

「いやだ。恥ずかしい。お昼、握り飯ひとつだったものだから」

「なら、豆大福がよござんす。もっちりしてるから、お腹にたまりますよ」

「じゃ、お言葉に甘えて、行儀が悪いようですけど、おもたせをいただきますね。おタケさんもお茶にしましょう」

それからはひとしきり、静の話になった。

「あたしなんかがえらそうなことを言っちまって、後からちっとばかり後悔してたんでござんすよ」

「誰が何をいっても耳を塞《ふさ》いでいたのに、菊千代さんのことばにはお静さんの気持ちを動かすものがあったんですよ。おかげさまで、お静さん、間もなく床上げもできそうです」

うまいうまいとつぶやきながら、結実はたちまち豆大福を二個たいらげた。甘いものには目がないタケも、惜しむように味わっている。

やっと人心地ついたように満足げにお茶を飲んだ結実を見て、菊千代がまたくすっと笑った。

そのとき、入り口で「こんにちは」と知った声がした。あの声は、良枝だ。

「ただ今、参ります」

タケは残りの大福を口にいれると、胸をとんとん叩いて、立ち上がる。

「ちょっとごめんなさいね」

結実も菊千代に断りをいれ、戸口に向かった。

いつものように女中に上がり框《かまち》に腰をかけて待つようにいい、良枝は促されるまま、大一郎を抱いて中に入ってきた。

だが座敷に菊千代がいるのがわかると、良枝は立ちすくんだ。

「あら、お客様でしたの？」

「お邪魔しております」

菊千代が名乗ると、良枝はあからさまにいやな顔をし、土産の醤油を渡すと、用事を思い出したといって、座を温める間もなくそそくさと帰って行った。

「良枝さんたら、どうしたんだろ。手習い所の時に一緒だった人なんだけど、気まずれで……」

「村松屋さんの若女将さんでござんすね」

「あら、菊千代さん、ご存じでした？」

「あたしが芸者だとわかったから、お帰りになったんでござんすよ」

菊千代は少し考え込んでいたが、思い切ったように顔をあげた。

「いつかわかってしまうことなのでお話しいたしますけど……実は先日、引っ越しした朋輩は、村松屋さんのお世話になっているんでござんす」

菊千代を静に会わせた日、菊千代は芸者仲間の引越祝いに行ったといっていたことを、結実は思い出した。

「お世話って？」

「妾《めかけ》ですよ」

朋輩の名は乙葉《おとは》。村松屋伊左衛門に、高砂町《たかさごちょう》の瀟洒《しょうしゃ》な仕舞屋《しもたや》を与えられ、一緒に暮らしているという。

「一緒に暮らしてる？　じゃ、良枝さんの旦那さん、家に帰ってきていないの？　そんな、あんまりだわ。はいはいをし始めたばかりの大一郎ちゃんがいるのに。……でも、商売があるから店には毎日……」

「さぁ、どうでござんすか」

「商売熱心な人だとばかり思ってた。下り酒問屋組合の世話役もなさってるとも聞いてたし」

「世話役をお引き受けなさったのも、乙葉姐さんと会うためだと、うちの界隈《かいわい》では評判でござんした」

伊左衛門は、先代の実子ではなく、十歳の時に親戚筋から養子に入ったのだと菊千代はいった。

「全然知らなかった。てっきり御曹司だとばかり」

「先代は子どもに恵まれなくて……伊左衛門さんは養子となってから、ずいぶんきつくしつけられたそうで。まあ村松屋の身代を渡すわけですからねえ。近所の子どもと遊んだりする時間もなかったそうでござんすよ」

乙葉とは、村松屋に伊左衛門が入ったときからのつきあいだったという。乙葉は、村松屋の下男の娘だった。

だが伊左衛門と乙葉がつきあっていることを知ると、養父母は眉をひそめた。

乙葉はそれと察するや、自ら身を引き、声の良さと三味線の腕を生かし、座敷に出て、芸者になった。

乙葉は別れるつもりだったのに、伊左衛門は納得せず、ひそかにふたりのつきあいは続いた。良枝との祝言の話が持ち上がっても赤ん坊が生まれても、ふたりは切れなかった。

「妾といえば、男にはちやほやされても、しょせんは日陰の身でござんすが、乙葉姐さんと伊左衛門さんは惚れて惚れられて……」

良枝は伊左衛門と乙葉のことを知っていて、だから、芸者の菊千代を見て、顔色を変えたのだ。

「あの方は気の毒でござんす。ただの……」

菊千代は口をにごした。本妻とは名ばかりで、ただの飾りだといいかけたような気がした。

良枝が大一郎を産んだ日も、伊左衛門は芸者を引き連れて家に帰ってきたことを結実は思い出した。

女房が命がけで子どもを産んだというのに、すぐに赤ん坊の顔を見ようともせず、真砂から促されるまで良枝へのねぎらいもなかった。それからも良枝が養生していた部屋で、伊左衛門と会った記憶はない。

菊千代が帰ったのを潮《しお》に、タケも帰って、急に家が静かになった。

結実の頭はこんがらがっていた。

産婆のところには、さまざまな女の事情ももちこまれるが、菊千代の話が本当なら、良枝が痛ましすぎる。やっと願い続けた大店の女房という座につき、男の子にも恵まれたのに、そこに実はなかったなんて。

この恋は諦めなければならないとわかっていても、誰かを泣かせることになっても、先に待つのが身の破滅でも、人は突き進んでしまうことがある。

伊左衛門にとって乙葉はそういう存在なのだろうか。

不意に源太郎の顔が日に浮かんだ。

良枝が源太郎の浮気を匂わせ、結実に釘をさしたのは、自分が苦しんでいる八ツ当たりなのか。いずれにしても結実の胸がまたやきもきしはじめた。

そのとき、本宅から絹の声がした。

「結実、ご飯よ！　雪が積もってるから、滑らないように気をつけていらっしゃいな。今日は、結実の好きなくるみ豆腐を作ったわよ」

「おっかさま、そういうことを、大声でいうのはおやめになったほうがいいですよ。祝言を挙げた娘が、母親にご飯を作ってもらって、ただ食べる人だっていうのが近所や患者さんに知れ渡ってしまいます」

章太郎がぶつくさいう声が続いた。

自分はただ食べる人か。

実際、そうなのだけれど、弟の章太郎にあげつらわれたいことでもなければ、人に教えたいことでもない。絹の声が大きいというなら、章太郎だってそうだ。

「でも、声をはらなければ向こうまで聞こえないじゃない。章太郎が毎回、結実を呼びに行ってくれるんだったら、私は口を閉じますよ。明日からそうしてくれる？」

「いやですよ。時間になってもこなければ、さっさと食べ始めればいいじゃないですか」

「うちはね、いつ怪我人が運ばれて来るか、お産が始まるかわからないでしょ。だから、一緒に食べられるときにはみんな揃ってお膳を囲みたいの。せっかく作ったご飯を、ばらばらにつまんなそうに食べられたらいやなんです。家族なんだから。それに、ただ食べる人なんて、そこらじゅうにいるじゃない。おとっつぁま、源太郎さん、章太郎あなたも。それに私は、できるうちはおさんどんする人でいたいの。私がそうしたいんだから、結実はただ食べる人でいいんです」

絹がとどめのように章太郎にいった。

源太郎のことはさておき、自分は恵まれていると結実は心の中で手をあわせた。

この日の夕飯は、くるみ豆腐に、熱々のあんかけうどんだった。あんには大根、人参、ごぼう、葱《ねぎ》、油揚げ、きのこと具がたっぷりで、とろみと隠し味の生姜《しょうが》で、ぽかぽかと身体が温まっていくのがわかる。

「良枝さんにいただいたくるみ、上物だから実がぎっしりでしたよ。さすが村松屋さんね」

「よくできてるよ。くるみ豆腐の美味しいこと」

真砂が満足げにうなずいた。

すりつぶしたくるみに砂糖と吉野葛をまぜて作るくるみ豆腐は、真砂の故郷の料理だった。真砂から綾や絹に受け継がれ、くるみが手に入ったときには必ず食卓に登場する。

「うどんのおかわり、いっぱい作ったんだけど、大食らいの源太郎さんがいないと、やっぱり減らないわね」

絹が何気なくつぶやく。

今頃、源太郎はどこで何を食べているのだろう。結実は、ずずっとうどんをすいこんだ。

三

今晩こそは源太郎をとっちめると決めていたのに、夜中に戸を叩く音で結実は目が覚めた。

源太郎を待ち構えているつもりが、例によって結実はいつのまにか熟睡していたらしい。その後に源太郎は結実を起こさないようにと、しずしず帰ってきたのだろう。隣の源太郎の布団がこんもりしている。

時刻は夜八つ（午前二時）過ぎだった。

「三五郎湯の佐助でやす。おっかあのお産が始まりやした。おねげえいたしやす」

「わかりました。おトミさんですね」

いつも用意してあるお産の道具一式をつめた風呂敷を背負おうとしたとき、その重さがひょいと消えた。振り向くと、源太郎が風呂敷を背中まで持ち上げてくれていた。

「結構、重いな」

「起こしちゃったね。あの……」

「なんだ?」

「帰ったら、話したいことがあるの」

「わかった。……しっかりな」

源太郎はうなずいて低い声でいった。

雪はあがっていたが、地面に残った雪がしゃりしゃり音をたてる。重い雲に隠れ、月も出ておらず、星明かりもない。

佐助が差し出す提灯《ちょうちん》のわずかな火を頼りに、足を進めた。

トミは四年前に、サチという女の子を産んでいた。あのときは真砂とすずと三人でお産をとりしきった。

サチは赤ん坊の誕生を心待ちにしていた。

「赤ん坊はどうやって出てくるの?」

「ポン！　と出てくるのよ」

トミがそういったら、布団を叩いた音を聞いてサチが走ってきて「生まれたの？」とおなかを確かめたと、三日前にトミは笑っていた。

だが、トミ自身は出産をひどく怖がっていた。

お産が終わったとたん、多くの女は陣痛の辛さを忘れるのに、トミははっきり覚えているという。子を孕《はら》んだことがわかると、またあの痛みを経験するのかと、トミはすくみあがった。

臨月を迎えてからは、結実の顔をみるたびに、産むのが怖いといい続けている。

お腹の子どもにその気持ちが伝わったからではあるまいが、なかなか赤ん坊はおりてこず、子どもが蹴るのであばら骨が痛いとトミが訴えるほど、腹の子は大きくなっていた。

とはいってもふたり目だ。案外、するりと生まれるのではないかと、結実は思っていた。

だが陣痛の間隔は一向に狭まらない。

「結実さん、逆子じゃないだろうね」

姑や亭主の佐助が不安げに声をかけてくる。逆子は死産となりやすく、母体ももっていかれることがあった。

「逆子ではないですよ。今、道を作るためにおトミさんががんばってます」

「もう生まれてもいい頃じゃないか。ふたり目だっていうのに」

「お産は二日、三日、かかることだってあるんです」

「サチのときは半日で生まれたのに」

「初産より二回目のお産が軽いことが多いですけど、そうばかりとは限らないんです」

トミ本人も次第にいらいらしはじめた。

「いい加減に生まれてよ……痛いってば」

泣き出したかと思うと、まわりのものを手当たり次第に投げたりもする。

「どうぞ落ち着いて」

結実はトミを抱きしめたり、痛みを逃がすために腰や手足を揉《も》んだりさすったりしていたが、朝になって、すずが駆けつけてくれたときには内心ほっとした。

「これはもっとかかるかもしれないね」

すずは、結実に絹の弁当を渡すと、腕まくりした。

トミにも陣痛の合間に握り飯を食べるようにいって、みかんやお茶と盆に並べたが、トミは口にしないどころか、握り飯までも投げるありさまだ。

「どうしたっていうの、おトミさん」

普段は穏やかなトミの激しい行動に、すずは唖然とした。

「お産を怖がっていたからよけいに痛く感じて、我を忘れてしまうのかも」

だが、昼四ツ（午前十時）を過ぎると、それっきり陣痛は落ち着いてしまった。

「あんなに痛かったのにも耐えたのに。また、一から出直し？　どうしてなのよ。もういやだ」

トミはわっと泣き出した。

「落ち着いて。今のうちにご飯を食べて、そのときに備えましょう」

「女ばっかりこんな思いをさせられて……」

「おサチちゃんもきょうだいが生まれるのをあんなに楽しみにしているんだもの。がんばらないと」

やけっぱちなことを口走るトミを、結実とすずのふたりがかりでなだめ、励まし、来たり治まったりの陣痛の合間に、指圧をしたり灸をたいたりしたが、夕方になってもやはりお産は進まなかった。

「おすずちゃん、そろそろ帰って」

「でも……」

「おタケさんも家に帰らなくちゃならないから。おすずちゃんが戻らないと、おタケさん、困ってしまうもの。龍太ちゃんも、おすずちゃんのこと、待ってるよ」

「……」

「大丈夫よ。私ひとりで。おすずちゃんの気持ちはわかってるから」

こぶしをぎゅっと握り、唇を噛みしめて、すずはうんとうなずき、出て行った。

だが、しばらくして、すずは龍太をおぶって戻ってきた。

結実は驚いて、すずを廊下に連れ出した。

「どうしたのよ」

「だって、結実ちゃん、昨晩だって寝てないじゃない。放っておけないわ」

「おすずちゃんだって、夜中の授乳あるんでしょ。ちゃんと寝てない日がずっと続いているんでしょ」

「そりゃそうだけど。あたしが大丈夫っていってるんだから大丈夫よ」

すずは一歩もひかない。

「栄吉さんは？」

栄吉には長助に使いにいってもらったと手回しもいい。

「ご飯の仕度だってあるんでしょ」

「栄吉さんの夕飯くらいどうにでもなるでしょ。子どもじゃないんだから。実家にいけば、ご飯は人の分までいつだって用意されているんだし」

すずは眠っていた龍太を座布団におろすと、洗い立ての前掛けをかけた。

「言いだしたらきかないんだから」

口ではそう言いつつも、やはり、すずがいてくれるのは心強かった。

夜中の八ツ半（午前三時）をまわって、やっとトミの陣痛の間隔が狭まり、本当の修羅場がはじまった。

「助けて。もういや」

「がんばって。もう少しよ」

「無理」

「赤ん坊も一緒にがんばっているよ。おトミさんしか産んであげられないの！」

「お腹を切って子どもを出して」

「そんなことできません」

「死にそう！」

「死にませんっ！」

泣きわめくトミの七転八倒ぶりに、せっかく寝ていた龍太がぐずりはじめ、すずは乳をやったり、おしめを替えたり、しまいにすずは龍太を背中にくくりつけながら立ち働いた。

明け方、トミはようやく男の子を産み落とした。大きな、丸々太った男の子だった。

「生まれた。やっと生まれた……」

大きな産声を聞きながら、トミはかすれた声でいい、涙を流した。大声をだし続けたせいで声が嗄《か》れている。

「がんばったねぇ」

「長いお産だったけど、最後は上手に産んで。無事に生まれて。よかった」

すずと結実が口々にほめると、トミがついに笑い始めた。

「……ほめられるようなお産じゃなかったのに。これまでこんな妊婦、いなかったでしょ」

産湯をつかわせた赤ん坊を披露すると、佐助や舅姑は大喜びしたものの、結実とすずには恐縮することしきりだった。

「こんなに騒いで……ふたりには迷惑をかけちまった。堪忍ね」

ふたりに頭を下げた姑は、舅が「まったくこらえ性がない嫁で」と苦々しい顔でつぶやくなり、きっとにらんだ。

「おトミはそんな女じゃないよ。働き者で優しい嫁じゃないか。それだけ痛くて辛かったんだ」

「けど、あの暴れっぷりは。声もださずに産む女が多いってのによぉ」

「替わってやることもできないくせに、男が勝手なことをいわないどくれ。いいかい、おトミには、騒ぎはなかったような顔をするんだよ。いちばん恥ずかしがっているのはおトミなんだから」

姑が鼻息荒くいうと、舅はしおしおと黙りこんだ。

赤ん坊を抱いた佐助は目を濡らしていた。

「おっかぁはおまえを死にものぐるいで産んだんだ。よかったな。無事に生まれて。お前は果報者だ」

「終わりよければすべてよしってね。いいお産だったよ。あたしにも抱かせとくれ。……ふくふくしてかわいらしいねぇ。おとうとじいさんに似て、男前じゃないか」

姑の言葉に、舅が相好を崩した。

「お湯を替えてくるわね」

そういって立ち上がったすずの身体がゆらりと揺れた。結実の肌がざわりと粟立《あわだ》った。次の瞬間、すずの膝が崩れ、ばたんと前のめりに倒れた。

「おすずちゃん！」

結実があわてて抱き起こす。すずの顔は真っ青だった。

「ただのめまいよ。このごろ、ふらふらしてたの。少し横になっていたら治るから。後産をやってあげて」

すずはため息のまじった声でささやく。

「でも……」

「あたしたちは産婆よ。あたしは大丈夫だから」

すずの身体からおぶいひもをはずし、泣き声をあげる龍太を座布団においた。すずを火鉢のそばに寝かせ、結実は佐助に、大地堂に行き、源太郎を呼んでくるよう頼んだ。

それから結実は龍太をおぶって、後産を取り仕切った。

ぼさぼさの髪のまま走ってきた源太郎は、すずの脈をとり、まぶたの色を見ると、過労だろうといった。砂糖をお湯でといた砂糖水をすずに飲ませていると、長助の連絡をうけた栄吉も駆けつけてきた。

すずを背負った栄吉、ねんねこを着て龍太をおぶった結実、お産道具一式の入った風呂敷を背負い、薬籠と、龍太の汚れたおしめを包んだ風呂敷を持った源太郎が三五郎湯をあとにしたのは明け六ツ（午前六時）だった。

うっすらと東の空が明るくなりかけている。夜の間に雪がまたちらついたのか、屋根や通りは白く染まっていた。

町は目覚めかけていて、大店の前では箒《ほうき》を持った小僧たちが立ち働き、大八車を引く男たちが白い息を吐いている。

結実はすずへの申し訳なさでいっぱいだった。すずが疲れているとわかっていたのに、なぜ、手伝わせてしまったのだろう。もっときつく、帰ってくれというべきだった。

そうしなかったのは、痛みにのたうちまわるトミをひとりでおさえられるかという不安がまさったからだ。戻ってきたすずの顔を見て、救われたような気がしたのだ。

すずが倒れたのは自分のせいだと、結実は唇を噛んだ。

最初に口を開いたのはすずだった。

「結実ちゃん、ごめんね」

すずは栄吉の背中に頬をぴったりくっつけ、結実を見つめていた。

「かえって迷惑をかけちゃった。大丈夫だと思ったのに」

「ううん。いてくれると心強くて……あたしが甘えてしまって。堪忍してね」

結実は目に浮かんだ涙を指でぬぐった。すずは首を横に振り、いたずらっぽい目をした。

「甘えてたのは、結実ちゃんじゃなくて、おトミさんよ。助けてとか、なんとかしてって。自分で産むって気持ちが足りなかったよ」

「おすずちゃん、厳しい」

「それでもお舅にあんなこと、いわれたくないよね。お姑さんがおトミさんをかばってくれてよかった」

「うん。……お姑さんだって、本心はお舅と同じ気持ちかも知れなかったのよ。おすずちゃんが来る前、お姑さん、おトミさんに物の怪が取り憑《つ》いたんじゃないか、なんて口走っていたんだから」

「そうなの？」

「うん。……でも痛みって、人によって違うからねえ」

「痛いもんは痛いものね」

ふたりは目をあわせて微笑みあった。

結実に心配をかけまいと思って、すずはこんな話をしているに違いなかった。

「もしよかったらうちで休まない？　うちのほうが近いし。明日って、もう今日だけど、うちなら龍太ちゃんをおタケさんに頼んで、一日、おすずちゃんに本宅のほうで寝てもらえると思うの」

日本橋が見えたところで結実はいった。栄吉は顔を後ろに向けた。

「どうする？　おすず。おまえのいいほうでいいぜ」

「……結実ちゃん、ありがと。でも私、やっぱり家に帰りたい。栄吉さん、それでいい？」

「ああ、今日も明日も、おいらが洗濯も掃除も飯炊きも全部やる。おすずは龍太に乳だけやってあとは寝ていろ」

「ほんとに？」

「ああ、起きたら承知しねえ」

すずが栄吉の背中にきつくしがみついたのがわかった。

「じゃ源ちゃん、大伝馬町までおすずちゃんを送っていこう」

「だな。いくら栄吉でも、おすずちゃんと龍太を重ねて背負うのはできねえや。亀じゃねえんだから」

親亀の上に子亀、子亀の上に孫亀という文句を思い出して、四人はぷっと噴き出した。

「疲れてるのに遠回りさせてごめんね。甘えちゃうね、今日は」

はじめてすずが結実に甘えてくれたような気がした。

一緒に働き始めたときから、すずはいつもしっかり者のお姉さん役で、結実が甘えるばかりだった。

ふたりの長屋に着いた頃には、すっかり空が明るくなっていた。

大伝馬町から大地堂のある坂本町までは江戸橋を渡ればそれほどの距離ではない。だが、すずと龍太を送り届けてほっとしたのか、長屋を後にしたとたんに睡魔が結実を襲い始めた。

目を白黒させながらふらふら歩きはじめた結実に気づくと、源太郎はぎょっとした顔になった。

「結実、寝るなよ。今は寝るな。おれはでっかい風呂敷包みと薬籠を抱えている。結実を背負うにはもう二本、腕がいる」

「ええ。そうでしょうよ。人には四本、腕はありません。わかってます」

だが、江戸橋を渡ったところで、結実の記憶がふっつり消えた。

歩きながら目を閉じた結実をなんとか支えて往生していた源太郎は、通りかかった出入りの棒手振りの魚屋に長助を呼んできてもらったという。

飛んできた長助に荷物を預け、結実は源太郎にいつかのように背負われて戻ってきたと、目覚めてから聞かされた。

四

昼過ぎまで真砂の部屋で夢も見ずに眠った結実が、井戸端で顔を洗っていると、源太郎が「ほれ」といって、手ぬぐいを差し出した。

結実は源太郎に目の縁で笑い、顔を拭く。

「ちょっとは疲れがとれたか？」

「まだ眠い……源ちゃんは眠くない？　夜中に引っぱりだしちゃってごめんね。ほんとに助かった」

「久しぶりに結実をおぶって歩いて、町の人に冷やかされたのにはまいったけどな」

「堪忍、私、どこから寝たのかさえ覚えてないの」

「二晩寝てなかったんだから、しょうがないさ。今日も往診に行くのか？」

「おトミさんとあと三人」

物干しには、おしめやら、手ぬぐいなどが陽の光をあびて翻っている。タケがいなかったら、こんな日も、結実ひとりですべてやらなければならないところだった。

顔にも口にも出さないが、タケもさゆりの授乳で夜中にまだ起きているはずである。子ども五人、計七人分の洗濯だってあるし、朝夕のご飯だって作らなければならない。

それでも毎朝、タケはさゆりと金太を連れてきて、すべての雑用をひきうけてくれている。それは子どもたちに食べさせるためだ。

子どもを産み育てるというのは、こうした日常の果てしない積み重ねなのだ。

「結実、話したいことがあるっていってただろ」

不意に、源太郎がいった。すっと結実の胸に影がさす。

「おれも結実に聞いてほしいことがあるんだ」

「え？」

「今日の夜。話すよ」

源太郎に改まっていわれて、ますます結実は不安になった。

今朝、すずを送るために並んで歩きながら、やっぱり源太郎に自分はぞっこんなのだと思った。

源太郎がもしかして浮気……別の人を好きになっていたらと思うと、胸が苦しくなる。そんなことを聞かされたら、自分は粉々になってしまいそうだった。

「おかわりはしないの？　珍しいこともあるものねぇ。結実、やっぱり相当くたびれてんのよ。お産に二晩かかったから、結実の好きな厚揚げをたくさん並べたのに」

夜のお膳には、厚揚げと小松菜の煮浸し、焼いた厚揚げに生姜葱をどっさりのせたもの、厚揚げと里芋の味噌汁と、厚揚げばかりが並んでいる。確かに厚揚げは結実の好物ではあるが、ちょっとやりすぎだ。

結実が喜んで食べているかどうか、絹がちらちらと見ているのも、うっとうしい。いつもは軽く三杯飯を食べる源太郎が今夜は二杯でしまいにしたのも、不満らしく、絹はつけつけしている。

ごちそうさまとお膳を片付けた結実に、絹は籠いっぱいのみかんを「はい」と押しつけた。

「患者さんからいただいたの。駿河《するが》のみかんですよ。毎日一個みかんを食べると医者いらずだって」

医者の女房なのに、とくとくと絹はいった。

晴れた日の晩は、冷え込みがきつくなる。

別宅に戻ったふたりはこたつに潜り込んだ。

源太郎が何を話すのか、結実は気になって仕方がなかった。

火鉢にかけた鉄瓶がしゅんしゅんとなりはじめたころになってようやく、源太郎は口を開いた。

「結実の話って？」

結実はつかのま押し黙り、源太郎を上目遣いで見つめた。

「……源ちゃんの話を先に……聞きたい」

「いいのか。おれが先で」

真顔で聞いた源太郎に、結実は唇を嚙んでうなずいた。

源太郎は何をいいだすのだろうと、結実の胸の鼓動が速くなる。

「あのな、十月に、亡くなった横浜の貿易商がいただろ」

すわ、女の話かと思っていた結実は一瞬、なんのことやらと、まばたきを繰り返した。源太郎が不逞《ふてい》浪人に斬られた生糸商の富五郎のことを話しているとわかり、よけいに混乱がひどくなった。

富五郎の話がどうして、ここで出てくるのか。

源太郎の話の行き先が、予想した方向とは違うらしいと、結実はようやく気づいた。

「傷が深くなすすべがなかった」

「骨まで傷が達していたもの……」

「駆けつけた息子さんは、麻酔もせず皮膚を縫うだけの治療ではどうしようもないといった。だが、横浜居留地の医者だったら助かっただろうと」

源太郎は天井を仰いで、ふうっとためいきをついた。

あの晩、源太郎が、富五郎さんはもしかしたら助かる命だったんだろうか。ほかに打つ手があったのか。としたら、それはどんな手当なんだ……と暗い表情でいっていたことを、結実は思い出した。

「数日後、往診の帰りに、開成所《かいせいじょ》に通う幼なじみで御家人の息子の松木《まつき》宗安《むねやす》と町でばったりあったんだ」

開成所は公儀が設けた洋学研究教育機関である。

松木は「医者をやっているなら、これからは西洋医学を学ばないとダメだ」といって、横浜のジェームス・カーティス・ヘボンの話をしたという。

ヘボンは横浜居留地の宣教師館で、ヘボン塾を作り、英学の初歩を教えると共に、医者として患者の治療にも当たっている人物だった。

「ヘボンって、眼病の紫色の薬の人？」

結実は源太郎から前に一度、ヘボンの話を聞いたことがある。

眼病はうんざりするほどしつこい。目を洗っても軟膏を塗っても、なかなかよくならない。だが、そのとき、紫色の特効薬があると源太郎は結実にいい、ヘボンという名前を出したのだった。

「眼病だけじゃない。ヘボンは、おできの切開、抜歯、膿瘍の切開、兎唇《としん》の手術、弾丸の摘出なども行い、成功させているという。やはり横浜に住むウィリアム・ウィリスというエゲレスの医者は、弾丸の摘出や四肢切断の手術まで手がけているらしい」

「四肢切断って、腕や足を切るってこと⁉」

「ああ。三年ほど前に、行列をさえぎったと、薩摩藩士がエゲレス人を斬ったことがあっただろう」

「……生麦村のこと？」

この事件は読売でも大々的にとりあげられた。

事件の責任者の処罰および多額の賠償を求めた英国は翌年、薩摩を攻撃し、薩英戦争が起きている。

結局、公儀が賠償金を支払い、薩摩は交渉の末、英国に外国貿易を行う用意があると告げて親善関係を樹立。なんとか丸くおさまったようだと穣之進はいっていた。

「うん、そのときに真っ先に現場に向かって、斬られたエゲレス人の治療と殺された人の検死を行った人物がウィリアム・ウィリスなんだそうだ」

「でも、四肢切断なんて、なぜ、そんなことができるの？　痛みで死んでしまうでしょ。よしんばそれができるとして、痛みで暴れ回る人をどうやって押さえつけるの？」

結実は飲み込めないという顔で源太郎に聞いた。

「できるんだよ。なんでだと思う？」

「さぁ……」

結実は首を傾けた。

「薬だ。クロロフォルムという麻酔を使って、人をぐっすり眠らせている間にすべてをすますんだそうだ」

「……そんな薬があるんだ。でも、なんで源ちゃんが知ってるの」

「実は……」

松木は、進歩した医学をとりいれ、実践することこそ、人のためになると源太郎を励まし、西洋医学所に通う小栗上野介《おぐりこうずけのすけ》の陪臣である戸田勝太郎《とだかつたろう》という青年を紹介してくれたという。それからというもの、源太郎は時を作っては、駿河台《するがだい》にある小栗家の戸田の元を訪れて語り合うようになった。

結実はそういった源太郎の顔をじっと見つめた。

「戸田さんという人に会うために、ときどき出かけていたの？」

「ああ」

「お酒を飲んだ相手も戸田さん？」

結実は源太郎の顔をじっとのぞき込む。

「うん。松木とも飲んだが」

源太郎は取り繕うように応えた。

結実は頰に手をあて、目を伏せた。

「う、浮気じゃなかったの？」

まばたきを繰り返しながらつぶやいた。真っ赤に焼けただれていた結実の気持ちが静まっていく。

「……えっ？」

「それならそうと、いってくれればよかったのに」

「医学所で勉強したらいいという正徹先生の勧めを断ったのに……勉強したいなんて、

今さら。いい出しにくくて……」

「じゃ、おとっつぁまにも打ち明けてないの？」

源太郎は気まずい表情でうなずいた。

「いやだ。それじゃ、おとっつぁまも心配してるわ、きっと」

結実は思わず高い声をあげた。

「……しかし、いったん口にしたことを反故《ほご》にするなど合わせる顔が……」

「かまわないわよ。世の中も医学も、これまで通りじゃないんだし、考えが変わることだってあるじゃない。何より源ちゃんがやってみたいと思うなら……」

家族は応援するに決まってる、と言いかけて、結実ははっとした。

源太郎は早くに実母を亡くした。

父の藤原玄哲は一時期、身体を壊し、多大な借金を作ったという。それを後添えの女房の久美の実家がきれいにしてくれた。

久美が象二郎《しょうじろう》を産むと、象二郎が家の中心となった。源太郎が十七歳で大地堂にきたのもそのためかもしれなかった。

以来、源太郎が家に帰るのは盆と正月だけ。それも挨拶が済めばすぐに戻ってくる。

西洋医学所には弟の象二郎も在籍しているが、源太郎から象二郎の話を聞いたこともない。

　家庭や家族というものから一歩身を引いて、源太郎は育ったのだ。

　結実と夫婦になってからも、正徹や絹に対しては、以前と同じように気を遣い続けている。

家族ならば甘えたり、なれ合ったり、ぶつかったりすることもあるのに、源太郎は今もそれを避けているのだと、結実は気がついた。

「おとっつぁまは、多少は驚くだろうけど、ようやく源太郎も学問をする気になったかって、きっと喜んでくれるわよ」

結実はわざと気軽な口をきいた。

「……そうだろうか？」

喉に塊がつまったような声で、源太郎がいう。

「うん。おとっつぁまはいつだって、源ちゃんの味方だもの」

源太郎の目の縁が赤くなった。

だが、次の結実の言葉で盛り上がりかけた源太郎の涙は引っ込んだ。

「……よかった……浮気じゃなくて」

「う、浮気？　そんなこと、本気で思ってたのか？」

「もしかしたらって、ちらっと」

源太郎が頭を抱えた。

「あぁ……信用なさ過ぎだ」

それから源太郎は顔をあげ、結実の額を人差し指でつっついた。

「見当違いをしやがって、おたんこなす」

「そっちこそ、隠し事なんかして。あんぽんたん」

「で、結実の話は？」

結実は一瞬、押し黙った。

「もういいの……わかったから」

その拍子に結実の顔がゆがんだ。

「ほんとによかった……男友だちで」

口元を手で覆ってむせびはじめた結実を、源太郎は困ったような表情で見つめた。

それから源太郎は結実の手首を強い力で引き寄せ、きゅっと抱きしめた。

「結実がこんなに焼き餅焼きだとは知らなかった」

「……私だって知らなかった」

結実はちいさくつぶやいて、源太郎の胸に顔をうずめた。

「……心配させて悪かった……」

源太郎の声をうっとりと聞き、結実はそっと目を閉じた。


三日ほどして、すずが復帰した。

「長らくお休みを頂戴して、ありがとうございました」

「よく眠った？」

すずはすっきりした表情でうなずいた。

「目がとろけそうなほど。そして栄吉さんともこれからのこと話したの。それでね、栄吉さんの実家に引っ越すことにしたんだ」

「ええ〜っ？　引っ越し⁉　おすずちゃん、大丈夫なの？」

結実は啞然《あぜん》とした。

すずと栄吉が夫婦になるとき、当然、栄吉の実家に入るという話が持ち上がっていた。

だが、は組の顔役の家では、いったん火事が起これば、嫁であるすずが手伝わないわけにはいかない。家に入れという栄吉の両親とすったもんだがあった末に、やっとの思いで住まいを別にしたはずだった。

「産婆を続けることは伝えているから。それに栄吉さんがきちっと話をつけたっていってくれたし」

「だったらいいんだけど……」

結実がちょっとばかり皮肉な口調になったのは、そううまくいくものだろうかという疑いを捨てられなかったからだ。

だが、結実の心配をよそに、すずは吹っ切れたようにいう。

「乳離れしたら子守を雇って、昼はみてもらうし、夜のお産のときにはお姑さんや女中のお熊《くま》さんに頼める。それだけやってもらえるなら、あとのことはなんとかなるよ」

「ムメさんと一緒で大丈夫なの？」

すずの姑のムメは、は組の組子の面倒をひとりで請け負っている気っ風のいい女だ。働き者で、ちゃきちゃきしていて、歯に衣着せぬ物言いをする。

「わかんない。わかんないけど、栄吉さんを産んで育てたおっかさんだしね」

すずは低い声で早口でしゃべった。心にひっかかるものを抱えているときのすずの癖だった。

結実はすずの言葉に逆らわず、こくりとうなずいた。不安はあっても、すずはそう決めたのだ。それなら応援するしかない。

「おすずちゃんならムメさんとも、きっとうまくやれる。それに、実家に戻ったら、何人、子どもができても大丈夫じゃない？」

結実がすずを励ますように言うと、すずはほっとしたように笑った。

それからすずは「はい」と後ろから真っ赤な実が鈴なりになっている南天をひと束、差しだした。

「見事な南天！　どうしたの、これ？」

「枡吉さんがお得意様から一抱え、もらったんだって。お裾分けをしてくれたの」

「おスミさんとこに行ったの？」

「うん。ここに来る前に往診をすませてきた。順調でした！」

すずは得意そうに笑う。

「それはご苦労様。それにしても、こんなにいっぱい実がなっている南天、初めて見た気がする」

「この南天を見たときに、枡吉さん、結実ちゃんとあたしを思い出したんだって」

「どうして？」

結実は目をしばたたいた。

「でしょう。あたしも枡吉さんに聞いたの。そしたら、赤いつるつるした実が並んでるからって……」

「それだけ？」

「うん」

結実は南天にもう一度目をやった。

南天は夏に白い花を咲かせ、秋になると紅葉し、冬に赤い実を結ぶ。

この実は、煎じて飲むと咳止め効果があることで知られている。葉にも殺菌と防腐の作用があり、乾燥させてお茶として飲むこともできる。樹皮は胃腸病などにも効き、薬用の木として重宝されていた。

難を転ずるという縁起をかついで玄関先に植えている家も多く、大地堂の庭にももちろんあるのだが、これほどぎっしり赤い実がなっている南天を見たことがない。

赤い実に日があたると、一粒一粒が光をつるりと反射し、それぞれが笑っているかのように見える。

「そうそう。枡吉さん、煤《すす》払い（十三日）が過ぎたら、桶も届けてくれるって。元旦に、若水《わかみず》を汲《く》んで神前に供えるときに使う桶ですって」

「わぁ、ありがたい」

「それでね、おスミさんが、これを結実ちゃんにって、はい！」

すずは胸もとから真っ赤な守り袋のようなものを取り出した。

「もしかして……」

中をのぞいた結実の眉がみるみる八の字に下がった。口をきっと閉じ、すずに差し戻す。

「これは、おすずちゃんに」

「えっ、あたしはいらないわよ。今は龍太で手いっぱいだもの。それにおスミさんが結実ちゃんにって念を押していたんだから」

赤い袋に入っているのは、一本の麻紐だ。

誰がいいだしたのかはわからないが、お産の時に妊婦の髪をしばっていた麻紐を真っ赤な袋に入れて贈ると、贈られた女に子が授かるという噂が、江戸の若い女たちの間でまことしやかに広がっていた。「子授け麻守」と呼ばれ、赤い袋が女から女に手渡されている。

「結実ちゃん、とっておきなよ。おスミさん、安産だったじゃない。験《げん》がいいわよ」

結実は立ち上がると、茶簞笥の引き出しを開け、中から似たような赤い袋を取り出した。すずが目を見張る。

「あれまあ」

「これで七つ目。そのうち山となりそうだわ」

結実はスミの子授け麻守をおしいただき、七つまとめて引き出しにいれ、勢いよくぱちんと閉じた。

水差しに活《い》けた南天を座敷の棚に飾ると、さゆりをおぶったタケがほれぼれといった。

「申し分のない南天だねぇ。いくつ実があるんだろ。ひいふうみい……数えきれないや。子だくさんの南天だよ」

結実はえっとまばたきを繰り返す。

「この赤い実は人なら赤ん坊。……私たち産婆だから、枡吉さん、これをくれたのかしら」

「かわいい赤い実があたしたちに似てると枡吉さんが思ったんだとばかり……」

帳面をつけていたすずが振り向いていう。

さゆりが泣き出した。龍太が誘われるようにひっくひっくいいはじめる。一瞬おいて、べりっと金太が障子を破る音が続いた。

障子の穴からひゅ～っと冷たい風が吹きこみ、雪が降り出したのが見えた。

その日から正月まで雪は続いた。
あたりが白く染まると、南天の赤い実はいっそう明るく輝いて見えた。

願《ねが》い針《ばり》　結実《ゆうみ》の産婆《さんば》みならい帖《ちょう》　朝日文庫

2022年10月30日　第1刷発行

著　者　五十嵐佳子《いがらしけいこ》

発行者　三宮博信
発行所　朝日新聞出版
〒104-8011　東京都中央区築地5-3-2
電話　03-5541-8832(編集)
03-5540-7793(販売)

印刷製本　大日本印刷株式会社



ISBN978-4-02-265067-2

五十嵐　佳子
## むすび橋
結実の産婆みならい帖

産婆を志す結実が、それぞれ事情を抱えながらも命がけで子を産む女たちとともに喜び、葛藤しながら成長していく。感動の書き下ろし時代小説。

五十嵐　佳子
## 星巡る
結実の産婆みならい帖

幕末の八丁堀。産婆の結実は仕事に手応えを感じる一方、幼馴染の医師・源太郎との恋に悩んでいた。そこへ薬種問屋の一人娘・紗江が現れ……。

宇江佐　真理
## 深尾くれない

深尾角馬は姦通した新妻、後妻をも斬り捨てる。やがて一人娘の不始末を知り……。孤高の剣客の壮絶な生涯を描いた長編小説。《解説・清原康正》

宇江佐　真理
## おはぐろとんぼ
江戸人情堀物語

別れた女房への未練、養い親への恩義、きょうだいの愛憎。江戸下町の堀を舞台に、家族愛を鮮やかに描いた短編集。《解説・遠藤展子、大矢博子》

細谷正充・編／青山文平／宇江佐真理／西條奈加／澤田瞳子／中島　要／野口　卓／山本一力・著
## なみだ
朝日文庫時代小説アンソロジー

貧しい娘たちの幸せを願うご隠居「松葉緑」、親子三代で営む大繁盛の菓子屋「カスドース」など、ほろりと泣けて心が温まる傑作七編。

細谷正充・編／朝井まかて／折口真喜子／木内　昇／北原亞以子／西條奈加／志川節子・著
## わかれ
朝日文庫時代小説アンソロジー

武士の身分を捨て、吉野桜を造った職人の悲話「染井の桜」、下手人に仕立てられた男と老猫の友情「十市と赤」など、傑作六編を収録。